KB267744

김대산 新무협 판타지 소설
Fantastic Oriental Heroes

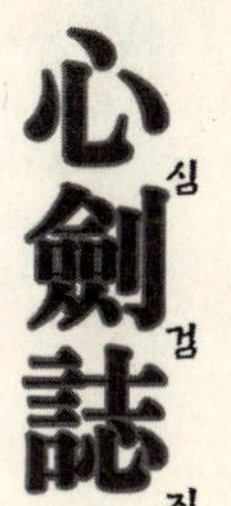

心劍誌
심검지

심검지 6

김대산 新무협 판타지 소설

초판 1쇄 찍은 날 § 2013년 9월 5일
초판 1쇄 펴낸 날 § 2013년 9월 11일

지은이 § 김대산
펴낸이 § 서경석

편집부장 § 권태완
편집책임 § 어정원
디자인 § 이혜정

펴낸곳 § 도서출판 청어람
등록번호 § 제1081-1-89호
등록일자 § 1999. 5. 31
어람번호 § 제2-2393호

주소 § 경기도 부천시 원미구 심곡2동 163-2 서경B/D 3F (우) 420—822
전화 § 032-656-4452 팩스 § 032-656-4453
http://www.chungeoram.com
E-mail § chungeorambook@daum.net

ⓒ 김대산, 2012

ISBN 978-89-251-3461-1 04810
ISBN 978-89-251-2999-0 (세트)

心劍誌

심검지

⑥ 혈룡유희(血龍遊戱)

[완결]

김대산 新무협 판타지 소설

Fantastic Oriental Heroes

도서출판 청람

目次

第三部
강호행（江湖行）

第二十八章
쌍치(雙痴)

1

날씨는 화창했고, 대기는 싱그러웠다.

그녀와 함께하는 시간은 마치 환상처럼 흘러가고 있었다. 쏜살같이! 벌써 보름이다, 선유릉을 떠나온 지.

그새 그녀와 그는 더욱 가까워졌다.

서로를 바라보는 정겨운 눈빛에는 항상 따뜻한 배려가 넘쳤다. 그리고 그렇게 마주 바라보는 것만으로도 서로의 마음을 읽을 수 있을 듯했다.

의선곡까지 얼마나 남았는지는 알 수 없었다. 굳이 알고 싶지도 않았다.

다만 점점 더 의선곡에 가까워지고 있다는 것은 분명했다.

필괴는 그런 생각만으로도 안타까웠다. 아쉬웠다, 절절하게.

그러나 흘러가는 시간을 붙잡아둘 재주가 그에게는 없었다.

2

삐이~ 익!

뒤쪽에서 휘파람 소리가 났다.

일부러 높고 낮게 빼는 음률이 사뭇 간드러지게 들린다는 데서 그 휘파람 소리에는 사람을 희롱하려는 의도가 짙게 배어 있었다.

연설란은 가볍게 필괴의 소매를 당겼다. 어느 시전이나 몇몇쯤 진을 치고 있기 십상인 파락호들의 가벼운 희롱에 굳이 대응할 것은 없었다. 무시하고 지나치면 그만일 일이다.

순순히 끌려오는 듯하던 필괴의 소매가 갑자기 팽팽해졌다. 그가 멈춰 선 것이다. 슬쩍 다시금 힘을 줘보았으나 꿈쩍도 않는 것이 사뭇 완고한 기세였다. 필괴가 천천히 뒤를 돌아보는 것을 연설란이 얼른 몸을 붙이며 속삭였다.

"시전 구경은 할 만큼 했으니 우리 뭣 좀 먹으러 가요. 배고파요."

그녀의 나긋나긋함에 감히 고집을 피우지 못하겠다는 듯

이 그가 천천히 걸음을 뗐다.

연설란은 가만히 웃었다. 이 사내를 다루는 법에 대해 점점 더 능숙해지고 있다는 데 대해 괜스레 기분이 좋아졌다. 하긴 워낙 단순한 사내이긴 했다.

그런데 그예 사달이 생기고 말았다.

필괴가 걸어가는 중에 잠깐 흘깃하고 뒤를 돌아본 것이 기어코 발단이 되고 만 것이리라!

"어이! 거기 잠깐들 서 보거라!"

일부러 만들어내는 듯한 걸걸한 목소리가 외쳤다.

필괴가 멈춰 섰다.

이번에는 연설란도 그의 소매를 당기지 않았다.

필괴는 천천히 뒤돌아섰다. 사내 셋이 껄렁한 걸음걸이로 다가오고 있었다. 분노는 일지 않았다. 그저 담담했다. 오히려 약간의 기분 좋은 느낌도 들었다. 결국은 연설란의 미모가 사내들을 동하게 했으리라는 데 대해.

자신의 여인을 희롱하려는 의도가 분명한 사내들에 대해 지금 필괴가 담담할 수 있는 보다 근원적인 이유는 그가 강자라는 데 있었다. 그는 확실히 강해졌으며, 또한 그런 데 대해 그 스스로가 확실히 인식하고 있었다. 그럼으로써 그는 그녀를 지켜줄 자신이 있었다. 어떠한 상황에서도.

"이 자식! 좀 전에 감히 우리를 비웃었겠다?"

"이런, 죽일 놈! 우리가 누군 줄 알고?"

사내들 중 두 놈이 주먹을 치켜들며 위협을 하는 중에 나머지 한 놈이 짐짓 부드러운 미소를 띠며 연설란을 얼렀다.

"소저, 소저는 잠시 물러나 계시오!"

연설란이 가만히 미소를 지었는데, 그 미소는 가까이서 보는 사내들의 얼을 빼놓기에 충분히 고혹적이었다.

그러나 사내들은 그녀의 미소에 그리 오래 얼을 빼고 있지 못했다.

"엇~?"

"어헛?"

"으앗!"

사내들이 일제히 비명을 내지르며 무엇에 세게 떼밀린 듯이 공중에 붕 떴다가는 다시 세차게 땅바닥으로 내팽개쳐졌다.

"아이쿠!"

호되게 엉덩방아를 찧은 사내들이 한목소리인 듯이 비명을 내질렀다.

필괴가 연설란의 어깨를 가만히 감싸 안으며 천천히 뒤돌아섰다.

연설란은 뿌듯했다. 필괴가 사내들에 대해 가벼운 응징으로만 그치는 것에서 진정한 강자로서의 절제를 보는 것 같아서 더욱 그랬다.

연설란이 가만히 지어 올리는 미소에 필괴 또한 가슴 한구

석이 뿌듯했다.

3

큰길가로는 아름드리 수양버들 고목들이 가지를 축축 늘어뜨린 채 한낮의 햇볕을 한껏 누리고 있었다.

필괴와 연설란은 시전을 막 벗어나 큰길로 접어드는 중이었다. 그때,

피리리릿!

무언가 자그마한 물체 하나가 그들에게로 쏘아왔다. 필괴가 즉시 연설란의 앞을 가로막으며 주먹으로 쳐냈다.

"위험해요!"

연설란이 깜짝 놀라 외쳤다. 날아드는 물체가 무엇인지도 모르는 터에 대뜸 맨주먹으로 쳐내는 필괴의 무모함에 대한 경고였다. 그러나 그녀는 미처 보지 못했다. 필괴의 주먹에 언뜻 흐릿하게 붉은 기운이 서렸다 사라지는 것을.

필괴의 주먹과 마주친 그 물체는 곧바로 기세를 잃고 팔랑거리면서 바닥으로 떨어졌다.

아니, 사실 그 물체는 필괴의 주먹과 마주치기도 전에 스스로 기세를 잃은 것이었다. 그럼으로써 필괴는 헛되이 주먹을 휘두른 격이다.

"이건… 나뭇잎이군요!"

연설란이 주워 든 것은 한 장의 작은 나뭇잎이었다.

"강호의 절대고수 중에는 한낱 나뭇잎이나 풀잎을 날려서도 능히 사람을 상하게 할 수 있는 이가 있다고 하더니……"

연설란이 새삼 놀라며 중얼거릴 때였다.

"헐헐헐! 검치(劍痴)야, 저 여아(女兒)가 지금 나더러 절대고수라고 하는 소리를 들었느냐?"

"흠! 그런 것 같기는 하다만… 그렇다고 스스로의 얼굴에 금칠을 할 생각은 말거라!"

농을 나누듯이 주고받으며 설렁설렁 다가오는 두 사람이 있었다.

둘 다 백발의 노인인데, 우선 특이하다 싶은 것이 체격이 사뭇 대조적이었다. 한 사람은 바짝 마른 체형에 키가 훤칠하니 컸고, 다른 한 사람은 뚱뚱한 체격에 키가 작아 땅딸막했다. 그런 두 사람은 몹시도 어울려 보이지 않아서, 나란히 서 있는 것만으로도 보는 사람으로 하여금 절로 웃음을 자아내게 하는 데가 있었다.

그러나 연설란이 차마 면전에 대놓고 웃음을 보일 수는 없기에 애써 참고 있는 중에 노인 중 하나가 손가락으로 그녀를 가리키며 말했다.

"보아라, 도치(刀痴)야. 저 여아가 벌써 네 얼굴을 보고 웃지를 않느냐?"

그 말에 연설란이 흠칫 놀라고 말았다. 좀 전에 검치라는 이름을 들을 때만 해도 미처 알지 못했는데, 이제 다시 도치라는 이름을 듣는 순간 그들 두 노인의 정체에 대해 퍼뜩 떠오르는 것이 있었기 때문이다.

"설마……!"

연설란은 황급히 정색을 했다.

"두 분은 혹시 과거 강호에서 쌍치(雙痴)로 일컬어졌던 분들이 아니신지요?"

말을 해놓고 연설란은 다시 멈칫하고 말았다. 아무리 한때 널리 불렸던 별호라고는 하지만 그 의미가 결코 좋은 것은 아니었기 때문이다.

4

"아이야, 어디 네 실력 좀 보자!"

땅딸막한 노인 도치가 나지막하게 외치며 곧장 도를 뽑아 들었다. 다만 그것만으로도 도치는 돌연 다른 사람이 되었는데, 그 기세가 마치 작은 산이 하나 웅크린 것처럼 거대하고도 웅장해졌다.

연설란은 크게 긴장하여 온몸이 굳고 마는 듯하였다. 쌍치는 오십여 년 전 한때 각기 한 자루 도와 검으로 독행 강호하며 강호에 일대풍운을 일으켰던 기인들이다. 그런데 그러한 인물들이 갑자기 나타나서 다짜고짜 칼을 겨누다니, 도대체 왜?

그녀로서는 도무지 짐작조차 하지 못할 일이었고, 다만 경악스러울 뿐이다.

필괴는 가만히 연설란을 밀어냈다. 이유야 어찌 되었든 상대가 칼을 겨눈 이상에는 굳이 피할 생각이 없었다. 더욱이 그녀가 지켜보고 있는 자리에서는.

필괴가 검을 들어 마주 겨누는 순간, 도치는 성큼 걸음을 내디뎠다. 순간 그야말로 작은 산 하나가 움직이는 것처럼 웅장한 기세가 도도하게 밀려왔다.

필괴 또한 성큼 마주 걸음을 내디뎠다. 그러자 즉시 굉장한 압박에 마주쳤고, 당장에 혈룡이 용트림을 하며 몸을 일으켰다.

압박은 급박하게 거대해졌다. 그에 따라 혈룡의 기세 또한 거칠게 소용돌이쳤다.

쿠웅!

이윽고 두 사람의 기세가 그대로 격돌했을 때, 주변 사방의 공간을 둔중(鈍重)하게 울리는 충격파가 일었다.

충돌은 한 번으로 그치지 않고 최초 이후 연속적으로 일어났다.

쿵!

쿠웅~!

그것은 언뜻 검과 도의 격돌 같았으나, 직접적인 격돌이 아

니었다. 다만 그것들이 일으켜 내는 무형의 기세끼리의 격돌
이었다.

탕!

돌연히 귀를 울리는 날카로운 폭음이 일었다.

도치의 도가 부러져 멀리 튕겨나고 있었다. 동시에 필괴의
검이 그대로 도치의 목을 찔러갔다. 그 순간,

"사정을 봐주시게!"

우르릉!

벼락같은 사자후가 터져 나왔다.

검치였다.

그러나 그때 필괴는 온전히 혈룡의 지배하에 있는 중이었
기에 검을 거둘 수 없는 지경이었다. 다만 그렇더라도 그는
마지막 순간 온 의지를 다해 검의 방향을 틀었다.

"윽!"

누군가의 입에서 무거운 신음 소리가 흘러나왔다. 그리고,

툭!

땅바닥에 팔 한 짝이 떨어졌다.

땅바닥에 떨어진 뒤에도 여전히 도를 꽉 움켜쥔 채로 펄떡
거리는 그 팔은 도치의 것이었다.

"욱!"

필괴는 한 모금의 피를 토해냈다. 그리고 천천히 검을 거두
어들였고, 그런 다음에야 소맷자락으로 입가를 닦아냈다.

그의 내부에서는 혈룡이 여전히 거칠게 날뛰고 있었다.

연설란이 놀란 제비처럼 달려오고 있는 게 보였다. 그는 지그시 두 눈을 감았다.

5

연설란은 필괴의 앞을 가로막고 섰다.

도치의 상처를 우선 지혈한 검치는 그녀의 어깨너머를 향해 이채로운 눈길을 주고 있었다.

그런데 그러한 것은 도치 또한 마찬가지여서 고통으로 얼굴을 잔뜩 찡그린 중에도 그의 이채로운 시선 역시 검치와 같은 곳으로 향해 있었다.

필괴의 입가에 한 가닥의 잔잔한 미소가 어리고 있다.

검치와 도치는 문득 기이하다는 표정으로 되더니, 이윽고 천천히 뒤로 몇 걸음을 물러섰다.

연설란으로서는 영문을 알 수 없는 노릇이었지만, 어쨌든 가만히 안도의 한숨을 내쉬었다.

6

한번 폭발한 혈룡은 좀처럼 기세를 진정시킬 조짐이 없었다.

그러나 한순간 문득 맑은 기운이 솟아나며 혈룡을 감쌌다.

심검이었다.

그러나 그것은 다만 그 자체로 맑고 밝을 뿐 혈룡과 대치하는 형태는 아니었다. 그저 혈룡을 아우르고 있을 뿐이었다.

그렇더라도 필괴는 이제 확연하게 자신감을 가질 수 있었다. 혈룡의 기운이 아무리 거세어도 결국은 그의 일부일 뿐이니 그가 다루지 못할 것은 아니었다. 결국 그가 있고 나서야 혈룡도 있는 것이었다.

혈룡의 기세가 이윽고 차분해졌다.

필괴는 부르르 몸을 떨었다. 그의 온몸으로 잔잔하게 희열이 번져 나가고 있었다. 지극한 만족감이었다.

7

필괴는 천천히 눈을 떴다. 먼저 보이는 것은 바로 가까이에서 그를 살피고 있는 걱정스러운 얼굴, 연설란이었다.

그는 그녀를 향해 가볍게 미소를 지어주었다. 그러자 그녀의 얼굴에 비로소 안도의 미소가 피어오르며 잔잔히 번져 갔다.

필괴는 시선을 옮겼다. 십여 걸음 떨어진 곳에서 검치와 도치가 그를 보고 있었다. 깊고 고요한 눈빛들이다.

필괴는 가만히 고개를 숙여 보였다.

그러자 도치의 얼굴에 희미한 미소가 번졌다. 이어 그는 성큼성큼 뒤로 물러나갔다.

검치는 원래의 자리에 홀로 서 있었다. 조금도 흔들리지 않는 깊은 눈빛으로.

필괴는 다시 연설란을 보았다. 조금 전 안도의 미소가 번졌던 그녀의 얼굴에는 어느새 염려가 드리워져 있었다. 필괴는 가만히 고개를 끄덕여 주었다.

마지못한 듯이 뒤로 물러나는 연설란이 멀찍한 곳까지 가기를 기다렸다가 필괴는 이윽고 천천히 검을 세웠다.

그것이 신호가 되기라도 한 듯이 검치가 천천히 걸음을 뗐다.

검치가 언제 검을 뽑아 들었는지 필괴는 보지 못했다.

심지어 지금 검치에게서는 아무런 기세조차도 느껴지지 않았다. 어떠한 예기나 살기도.

단지 검치의 검은 점차로 확대되어 보이고 있었다. 그리고 이윽고 그가 선 공간에는 사람은 보이지 않고 한 자루 거대한 검만이 둥실 떠 있었다.

그것이 신검합일(身劍合一)의 경지라는 것을 필괴는 알지 못했다. 다만 그는 느낄 수 있었다. 상대의 모든 의지와 힘을 담은 그 한 자루의 검이 얼마나 강력하며 또한 얼마나 무궁한 변화를 내포하고 있는지.

필괴는 오로지 상대의 검에만 집중했다.

혈룡은 잠잠했다.

오히려 심검이 문득 존재를 드러내며 서서히 빛을 발하고 있는 중이었다.

그 거대한 검은 필괴의 칠 보(七步) 앞에서 멈추었다. 그리고 그 극(極)이 움직이기 시작했다. 아주 느린 움직임이었다. 또한 아주 미세한 움직임이었다.

그러나 필괴는 그 검극에서 무수한 움직임을 보고 있었다. 보이는 움직임은 단순하고 미세하였으나, 그 움직임의 각각이 품고 있는 여지는 실로 무한하였다.

필괴는 움직이지 않았다. 다만 고요히 바라보고 있을 뿐이었다.

다만 심검만이 더욱 밝게 빛나고 있었다.

8

검치는 하마터면 평정을 깨뜨릴 뻔하였다.

상대가 돌연 불쑥 다가들고 있었다.

아니, 그것은 무광의 빛으로 빛나는 한 점이었다.

그러나 동시에 그것은 차라리 태산이었다.

지극한 가벼움으로 고요히 머물러 있되, 태산의 중압감을 그대로 담고 있는.

그럼으로써 그 한 점은 그의 신검합일이 품고 있던 그 모든 여지를 한순간에 가두어 버렸고, 이어 그의 의지조차도 가차

없이 꺾어 들었다.

"음!"

그의 입에서 절로 무거운 침음성이 뱉어졌다.

그리고 이윽고 그는 힘없이 검을 늘어뜨리고 말았다.

9

연설란은 고개를 갸웃했다.

지금 벌어지고 있는 일련의 상황은 그녀가 도무지 이해할 수 없는 것이었다.

필괴와 검치가 한 일이라곤 서로 몇 발자국 떨어져서 마치 어린아이들이 장난하듯이 몇 번 검을 까딱거렸을 뿐이다.

심지어 필괴는 그조차도 않고 가만히 서 있기만 했다.

그러더니 돌연 검치가 검을 늘어뜨리고는 성큼성큼 도치가 있는 곳으로 물러서는 것이었다.

그런데 그때였다.

검치의 검의 가볍게 움직였고, 돌연 그의 어깨 어림에서 피가 솟구쳤다.

"악!"

연설란은 자신도 모르게 비명을 지르고 말았다. 검치가 스스로의 팔을 자른 것이다.

검치는 태연히 지혈을 하고 남은 한 팔을 가볍게 뻗었다.

그러자 조금 전 잘려진 채로 바닥에 나뒹굴고 있던 도치의 한 쪽 팔이 그에게로 날아왔다.

이어 검치는 잘려진 자신의 팔 또한 주워 올려서 그 두 개의 잘린 팔을 곁에 있는 평평한 바위 위에다 나란히 놓았다. 참으로 기괴하기 이를 데 없는 광경이었다.

10

"우리는 이제 그만 가세."

"어디로 말인가?"

"흠! 글쎄… 어디로 가면 좋겠나?"

"그가… 찾지 못하는 곳!"

"그가 가진 힘은 무소불위인데, 이 좁은 천하의 어디인들 그의 힘이 미치지 않겠는가?"

"그래도… 우리가 천외천으로 나간 다음에 다시 가장 구석진 곳으로 숨어들어 가서 죽은 듯이 움츠리고 있으면 그도 쉽게는 찾아내지 못할걸. 그리고 그처럼 엄청나게 대단한 인물이 우리 같은 폐물들에게 그리 오래 관심을 두지는 않을 것이고."

"그건… 그럴듯하군."

"그건 그렇고… 저 아이는 앞으로 어떻게 될 것 같은가?"

"흠! 내 생각에는… 적어도 한동안은 별일이 없지 않을까 싶은데?"

“어찌 그리 생각하는가?”

“우리가 이대로 숨어버린다면 그의 궁금함은 이전보다 훨씬 더해질 것인데, 노부가 보기에 그의 광오한 성정상… 어떤 미진함이 생기는 것에 대해서는 그 스스로가 용납하지 못할 것이니, 적어도 저 아이에 대한 궁금증이 다 풀리기 전까지는 그가 저 아이를 간단히 지우지는 못하리라는 생각일세.”

“흠! 확실히 그리되겠는가?”

“허허허! 나중의 일을 두고 어찌 확실하다 말할 수가 있겠는가? 더욱이 이제부터 죽어라 도망을 쳐야만 하는 처지에서야……”

“그래도 난 궁금한걸.”

“무엇이 말인가?”

“저 아이가 언젠가는… 과연 그의 상대가 될 수 있을지……”

“허허허! 그것이 어찌 우리가 짐작이라도 해볼 수 있는 일이겠는가? 다만 그가 이미 저 아이에게 관심을 가졌다는 것으로 억측이나 해볼밖에.”

“그렇지? 자네도 그렇게 생각하는 거지? 헐헐헐!”

“허허! 팔 하나를 잃고도 자네는 무엇이 좋다고 자꾸만 웃음을 흘리는가?”

“헐헐헐! 어차피 땅속으로 들어갈 날이 머지않은 늙은 몸뚱인데 그까짓 팔 하나쯤이 무슨 대수이겠나? 차라리 후련하지. 그리고 지금 난 몹시도 흥분이 된다네."

"허! 또 무엇이 말인가?"

"난 그가 신처럼 되어가는 것에 대해서 사실은 몹시 못마땅했거든. 인간은 어디까지나 인간이어야 하는 것이지, 인간 중에서 정말로 신 같은 존재가 나오는 건 영 달갑지가 않단 말이지. 난 그냥 인간들끼리 모여 사는 세상이 좋아. 그런데 내가 보기에는 이미… 누구도 그가 신이 되는 것을 막을 수는 없어 보였어. 헐헐헐! 그런데 이제… 적어도 그의 신경을 건드릴 수 있는 존재가 나타났으니 그것만으로도 얼마나 가슴 벅찬 일인가 말일세. 비록 그가 신이 되는 것을 막을 가능성이야 만분지 일에도 미치지 못한다고 해도 어쨌든 가능성이 조금은 생겼다는 얘기가 아니냔 말이야."

"허허허!"

"헐헐헐!"

나직한 웃음소리를 남기고 그들은 사라져 갔다. 바위 위에 잘려진 팔 두 짝과 검 한 자루, 그리고 도 한 자루를 남겨둔 채로.

11

연설란은 필괴가 새삼스러워 보였다.

그가 절대적인 무공을 지닌 전대의 기인들과 당당히 승부하여 그들을 꺾은 것은 그녀의 상상을 넘어서는 일이었다.

그는 문득 커져 있었다. 아니, 거대해져 있었다. 그리고 든든했다.

그라면 어떤 위험에서도 능히 그녀를 지켜줄 수 있으리라는 보다 확고한 든든함도 생겼다.

그는 그녀가 택한 그녀의 사내였다.

그러나 연설란은 한편으로는 막연한 두려움도 생겼다.

필괴는 그녀가 애초에 상상하고 기대했던 것보다 훨씬 그 이상이 되었다. 그리고 앞으로도 얼마나 더 놀라운 모습을 보여줄지 몰랐다.

물론 그렇게 되기를 바라지만, 그녀의 남자가 세상에서 가장 위대한 남자가 되기를 바라지만, 그러나 한편으로 그때에 지금과는 또 많이 다른 모습으로 변해 있을 그때의 필괴를 그녀가 과연 감당할 수 있을지.

그런 역설적이고도 사뭇 막연한 종류의 두려움이었다.

12

삐이이~!

머리 위 먼 허공으로부터 선명하고도 아름다운 소리 한 가닥이 길게 울려 퍼졌다. 그리고 푸른 하늘에는 이내 검은 점 하나가 생겨났다.

검은 점은 한순간 아래를 향해 수직으로 내리꽂혔다. 그러고는 잠시 만에 그들의 머리 위에서 급하게 속도를 줄이며 날개를 퍼덕거렸다.

그것은 한 마리 새였다, 은은히 빛나는 오색의 깃털이 환상적으로 아름다운.

"앵아(鶯兒)야!"

연설란이 반갑게 외쳤다. 그러자 그 새는 가볍게 날갯짓하며 그녀의 어깨 위로 내려앉았다.

"앵아예요! 우리 의선곡을 지키는 수호조로 통하죠!"

연설란이 소개라도 하듯이 말했다. 그러더니 자신의 소개 말에 대해 필괴가 조금 거창하게 여기리라 지레짐작했는지 빠르게 덧붙였다.

"앵아는 보통 새가 아니에요. 우리 곡과 함께한 시간이 이미 수백 년이나 되는 영조(靈鳥)이지요. 그리고 얼마나 영특하다고요. 사방 오백 리 정도의 범위 안에서는 찾고자 하는 사람을 정확하게 찾아낼 수 있지요. 또한 보기와는 달리 용맹하기 이를 데 없어서 몇 배나 덩치가 큰 독수리도 앵아 앞에서는 도망치기에 급급하죠."

그러고 보니 앵아의 부리는 그 끝이 날카롭게 휘어진 것이 마치 갈고리처럼 생겼다. 뿐만 아니라 지금 연설란의 어깨를 살짝 움켜잡고 있는 한 쌍의 발톱 또한 몹시 날카로우면서도 강력해 보였다.

그런데 그 발톱 위의 앵아의 가느다란 발목에는 작은 대롱 하나가 매달려 있었다.

연설란은 대롱을 열고 그 안에서 또르르 말린 종잇조각을 꺼냈다. 그리고 빠르게 읽어 내려가던 그녀의 안색이 이내 어두워졌다.

"무슨 일이오?"

"할아버지께서 지금 남황부(南荒府)에 와 계시는데, 저더러 곧장 거기로 오라고 하시네요."

필괴의 표정이 저도 모르게 굳어지고 마는데, 연설란이 다시 말을 이었다.

"남황부와 우리 의선곡은 전대로부터 남다른 친교를 유지하고 있는 사이인데, 남황부주께 갑작스런 변고가 생겼기에 할아버지께서 만사를 제치고 남황부로 오셨대요. 그런데 진단을 해본 결과 부주께서 원인 불명의 중독 상태에 빠진 상태이고, 그 정도가 몹시 심하면서도 그 증상이 복합적이어서 할아버지께서도 당장에는 특별한 처방을 내리지 못하고 계신 듯해요. 그래서 혹시 제가 이번에 선유릉에서 채취한 약재들이 소용이 될지 모르니 즉시 남황부로 오라고 하시는데, 아마도… 제가 서둘러 간다고 한들 막상 큰 소용은 되지 못할 것 같네요."

"그래도… 일단은 서둘러서 가보아야 하지 않겠소?"

필괴의 그 말에 대해 연설란은 선뜻 대답을 하지 못하였고,

두 사람 모두 안색만 잔뜩 어두워졌다.

　아직은 조금 더 남았다고 여겼고, 가능하면 조금이라도 더 늦추려고 애를 쓰고 있었건만 이별의 순간이 이렇듯 갑작스럽게 들이닥칠 줄이야!

　그때 필괴는 문득 한 가지 생각을 떠올렸다.

　"혹시… 내가 도움이 될 수 있을지도 모르겠소!"

　남황부주가 독에 중독된 것이라면 어쩌면 이전 사괴에게 썼던 방법이 통할 수도 있겠다는 생각이 들었다.

　그러나 그 생각을 전해 들은 연설란은 간단히 고개를 가로저었다.

　"장 공자에게 당신이 이미 무종계에 속한 두 곳의 방파와 원한을 맺었다는 얘기를 간단하게나마 들었어요. 그런데 남황부는 무종계 중에서도 만검천(萬劍天)에 이어 두 번째의 위치를 점하고 있는 곳이에요. 그러니 당신이 그곳에 간다는 것은 혹시 어떤 위험을 자초하게 될지도 모르지 않겠어요?"

　그녀의 걱정에 대해 필괴는 문득 마음이 뿌듯해졌다.

　"그런 점에 대해서는 크게 걱정하지 않아도 좋을 것이오."

　"어떻게 걱정을 하지 않을 수 있겠어요?"

　"남황부가 무종계에 속해 있다고 해도 나와 직접적인 원한이 있는 것은 아니지 않소? 더욱이 내가 그곳에 가는 이유가 남황부주의 중독을 치료하는 데 도움이 될 수도 있어서인데, 그런 내게 그들이 어찌 무작정 위해를 가할 수 있겠소?"

“하지만……."

“그리고… 그들이 무종계의 일원으로 나와의 원한을 따져야 하는 입장이라고 해도 그 상대는 어디까지나 필괴이니 내가 필괴가 아닌 이심전이 되면 되는 것이 아니겠소? 누구라도 지금의 내 모습에서 필괴를 찾아내기란 결코 쉽지 않을 것이고 말이오.”

그리고 필괴는 담담히 미소를 떠올리며 덧붙였다.

“무엇보다도 나는 당신의 조부님께 조그만 도움이라도 될 수 있기를 바라는 마음이오.”

연설란은 더 이상 아무 말도 하지 못했다. 자신의 위험을 감수하고라도 조금의 도움이나마 되고 싶다는 그의 배려와 진심이 전해져 왔기에 그녀는 잠시간 잔잔한 감동에 빠졌다.

“그렇게 하도록 합시다. 나를 믿는다면.”

필괴의 그 말에는 연설란이 이윽고 고개를 끄덕였다.

“알겠어요. 그렇게 해요.”

막상 그렇게 결정하고 나자 두 사람에게는 다시금 은은한 기쁨이 뒤따랐다. 어쨌든 당장의 이별을 뒤로 미루었다는 안도이리라.

연설란이 짐짓 서둘렀다.

“남황부는 여기서 기껏 이백여 리 정도이니 우리 빨리 가서 할아버지를 뵙도록 해요.”

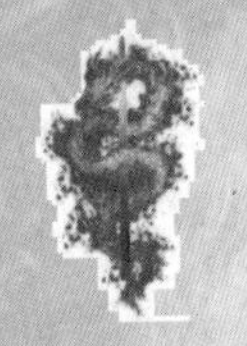

第二十九章
남황부(南荒府)

1

연설란과 필괴는 걸음을 서두른 끝에 정오쯤 남황부에 도착할 수 있었다.

남황부는 작은 성벽을 연상케 하는 높다란 담장으로 둘러싸여 있었는데, 그 가운데로 낸 대문마저도 마치 성문처럼 웅장한 위압을 풍기고 있었다.

연설란이 대문을 지키는 위사에게 자신의 신분을 밝히자 위사는 곧장 두 사람을 안으로 안내했는데, 미리 얘기가 되어 있었던 모양인지 그 태도가 사뭇 정중하였다.

대문 안으로 들어서자 제법 넓은 대지에 반듯한 길과 또 수목이 잘 가꾸어져 있어서 보기에 아주 좋은 광경을 만들고 있었고, 곳곳에 솟아 있는 고루전각들은 과연 이곳이 천하 거파라는 것을 단번에 알아볼 수 있게 했다.

필괴는 새삼스럽게 곁의 연설란을 돌아보았다. 그녀가 아니었다면 이처럼 정중한 안내를 받으며 남황부의 관내를 걸어보는 일은 꿈도 꿔보지 못했을 것이다.

그들이 마침내 당도한 곳은 깊숙한 곳에 위치한 한 채의 전각이었는데, 두 사람이 안내된 방에서 조금 기다리자 잠시 후에 백발이 성성한 노인 하나가 안으로 들어왔다. 바로 천하제일의(天下第一醫) 초의(草醫) 연성도(燕成度)였다.

"할아버지!"

연설란이 곧장 달려가 조부의 품에 안겼다.

초의가 짐짓 버겁다는 시늉으로 손녀를 안고는 가볍게 책망부터 하였다.

"어이쿠! 이런, 이런! 혼기가 꽉 찬 처녀가 어찌 이리도 경망스러울까! 이러니 어느 사내가 널 감당할 수 있을지 참으로 걱정이다."

"호호호!"

연설란이 밝게 웃었다. 그러고는 냉큼 조부의 품에서 떨어지며 필괴의 곁으로 와서 나란히 섰다.

"할아버지, 이 사람은……."

말을 하려다 말고 문득 수줍은 듯한 모습으로 되고 마는 손녀의 모습에 초의의 얼굴에 언뜻 이채가 떠올랐다.

이심전이 얼른 한 걸음 앞으로 나서며 공손히 허리를 숙였다.

"소생 이심전, 인사드리겠습니다. 천하에 명망 높으신 초의 어른을 뵙게 되어 크나 큰 영광입니다."

그것으로 필괴는 이심전이 되었다. 그리고 그것은 그에게 참으로 커다란 감회가 수반되어야만 하는 일대 사건이었다.

초의가 잠시간 이심전을 살피고 난 다음에야 짐짓 손을 저어 겸양하며 말을 받았다.

"노부는 한낱 의원에 불과하니 명망이라고 하는 것은 과분하네. 허허허! 어쨌든 이리 만나게 되어 반갑네."

그런데 그때 초의에게서는 언뜻 실망스럽다는 듯한 기색이 빠르게 스쳐 지나갔다.

2

초의는 연설란이 가져온 약초 중에서 몇 가지를 선별하여 환자에게 처방하고 그 반응을 살폈다. 그러나 기대했던 약효는 나타나지 않았고, 그의 고심은 더욱 깊어졌다.

"어허! 참으로 답답한 노릇이로다. 어떤 반응이라도 있어야 독의 성질을 좀 더 세부적으로 좁혀 들어갈 수 있을 터인데… 이래서야 얼마나 더 시행착오를 겪어야 할지 모르겠구나."

연설란이 조심스럽게 말을 꺼냈다.

"할아버지, 저 사람에게 한 가지 특별한 능력이 있는데… 어쩌면 도움이 될 수도 있을 것 같아요."

"특별한 능력? 어떤 능력을 말하는 것이냐?"

"얼마 전에 그의 일행 중 한 사람이 심각하게 중독된 적이 있었는데, 그때 저 사람이 자신의 몸으로 독기를 흡수해서 환자의 중독 증상을 크게 완화시킨 적이 있어요."

"독기를 흡수했다고? 그렇다면 그가 독공을 익혔다는 말이냐?"

"그렇지는 않아요."

하긴 만약 독공을 익혔다면 초의 자신이 진작 알아보았을 것이다.

"독공을 익히지 않았다면 어찌 그가 독기를 흡수하고도 무사할 수 있었다는 것이냐?"

"그게 아마도… 어떤 체질적인 특성인 것 같아요. 그러나 어쨌든 당시에 제가 그 일을 직접 목도했으니 그에게 그런 특별한 능력이 있다는 건 분명해요. 그러니… 그에게 환자를 한번 보도록 하는 건 어떨까요?"

"음!"

초의가 잠시 숙고한 끝에 말했다.

"정말로 그에게 그런 특별한 능력이 있다면 한번 시도해봐서 나쁠 일은 없을 것이다."

남황부주 진위승(陣暐昇)은 장골(壯骨)의 초로 노인이었다. 그는 지난 보름여 간이나 의식 없이 누워 있었는데, 반 시진 전쯤에 극적으로 깨어났다.

이어 그는 상당히 빠른 회복세를 보이며, 이윽고는 초의의 완곡한 만류에도 불구하고 접견실로 나와 지금 부(府)의 총관과 초의를 위시한 몇몇 사람들과 흔쾌한 담소를 나누고 있었다.

"소협의 이름이 이심전… 이라고 했소?"

진위승이 묻기에 이심전이 조심스럽게 대답했다.

"그렇습니다."

"소협이 노부를 살렸다니 이 은혜를 어찌 갚아야 할지 모르겠소."

"은혜라니… 과분한 말씀이십니다. 제가 가진 작은 힘이 마침 소용이 될 수 있어서 오히려 다행이라 여기고 있습니다."

"하하하! 요즘 젊은이답지 않은 겸양이오. 그러나 생명의 은혜를 입고도 그냥 넘어간다면 노부가 도리를 모르는 사람이 되어버리지 않겠소? 흠! 노부는 지금 당장 활동을 시작하여도 괜찮을 것 같은데, 초의께서 저리도 엄히 단속을 하시니

다만 한두 시진이라도 일단 처방을 따르는 시늉이라도 하지 않을 수는 없을 것 같고, 소협은 지루하더라도 잠시만 기다려 주시오. 잠깐의 휴식을 취하고 털고 일어나는 대로 노부가 성의를 다해 소협을 위한 연회를 열고자 하니 말이오.”

초의가 빙그레 웃는 얼굴로 이심전을 바라보았다. 그리고 그는 다시 손녀를 보았다. 연설란의 말은 사실이었다. 이심전은 참으로 특별한 능력을 가지고 있었고, 그 능력으로 진위승의 중독을 단번에 치유해 낸 것이다. 의원으로서 참으로 흥미로운 일이 아닐 수 없었다.

초의는 새삼 이심전이 다시 보이는 것이었다. 처음 보았을 때는 사실 그의 평범함에 언뜻 실망을 했다.

손녀라서가 아니라 연설란은 가히 당대 제일의 가인재녀(佳人才女)라고 해도 조금도 넘치지 않았다. 그런 손녀가 호감을 가지는 사내라면 분명 무언가 뛰어난 면모가 있어야 한다는 생각이었다. 그러나 이심전의 기품과 자질은 지극히 평범해 보이는 것이 사실이었으니…….

하지만 이심전의 그 특별한 능력을 보고 난 뒤 그에 대한 초의의 인식은 사뭇 바뀌었다. 그 스스로 참 간사하다는 생각이 들 정도로.

보이지 않던 이심전의 면모가 비로소 보이는 것 같기도 했다. 깊숙이 갈무리되어 잘 드러나지 않았지만, 이심전의 눈빛에는 참으로 맑고 청명한 기운이 녹아 있는 것 같았다. 손녀는 바로 이심전의 그런 기운을 본 것이리라.

초의가 연설란을 향해 가볍게 고개를 끄덕였다.

그러자 조부의 내심의 기꺼움을 읽기라도 했는지 연설란이 수줍은 듯이 희미한 미소를 떠올렸다.

"자네는 이것을 복용하도록 하게. 기혈과 정신을 맑게 하는 데 도움이 될 걸세."

초의가 문득 소매 속을 뒤져 이심전에게 내민 것은 콩알만한 크기의 은은한 금색을 띠는 영단 한 알이었다.

이심전이 선뜻 받지 못하고 조심스럽게 물었다.

"이것이 무엇입니까?"

연설란이 환한 미소를 지으며 조부 대신 말했다.

"소금단(小金丹)이에요. 기혈을 정화하는 데 탁월한 효능이 있을 뿐더러 내공 증진에도 많은 보탬을 주는 영단이죠. 그 영단 한 알이면 강호에서는 기연을 얻은 것이나 마찬가지로 여길 만큼 귀한 물건이에요."

초의가 담담히 미소 지으며 덧붙였다.

"물론 괜한 걱정이겠으나… 독이란 것은 때로 예측하기 어려운 후유증을 남기기도 하니 미리 조심하고 방비해서 나쁠 것은 없을 것이네."

"아, 아닙니다! 이처럼 귀한 영단을 제가 어찌 함부로 낭비할 수 있겠습니까?"

그러자 연설란이 얼른 이심전을 재촉했다.

"아이 참, 얼른 받지 않고 뭐하세요!"

그러나 이심전은 곤란하다는 기색일 뿐 선뜻 영단을 받으려고 하지 않았다.

그런 모습에 연설란은 그만 안타까운 심정이 되고 말았다. 사양은 적당히 좀 하고 대충 받아두면 좋을 것을 참으로 고지식하기 짝이 없는 인사였다.

그러나 어찌하랴. 그의 그런 점이 좋아서 자신의 사내로 선택한 것을. 그가 못한다면 그녀가 대신 해주면 될 일이었다. 그녀는 얼른 손을 뻗었다. 그리고 초의의 손바닥 위에 있는 영단을 냉큼 집어 들었다.

"제가 가지고 있다가 나중에 전해주도록 할게요."

그런 그녀의 두 눈을 초의가 짐짓 빤히 응시했다.

그 바람에 연설란은 두 뺨이 뜨뜻해지고 말았다.

그리고 연설란의 두 뺨이 살짝 붉어지는 것을 보고 이심전 또한 시선을 어디에 둬야 할지 몰라 당황하고 말았다.

"허허허!"

초의가 나지막이 헛웃음을 흘릴 때였다. 진작부터 이채를 떠올린 채 그 일련의 모습들을 지켜보고 보고 있던 진위승이 문득 끼어들었다.

"참으로 아쉽고도 부럽습니다."

그에 초의가 짐짓 의아해하며 물었다.

"어인 말씀이시오?"

"염치없는 욕심이겠으나… 저희 아이들도 지금 이 자리에 있었더라면 혹시 초의께서 기왕에 선심을 쓰시는 김에 덩달아서 소금단의 기연을 얻을 수도 있었을 텐데 하는 생각이 들어서 말입니다."

"허허허! 부주께서는 과연 욕심이 좀 과하시오. 귀 부의 두 공자들이야 이미 어릴 때부터 갖가지 진귀한 영약을 모자람 없이 복용하였을 것인데 이까짓 소금단이 어떻게 기연 축에 들 리가 있겠소이까?"

"하하하! 무슨 말씀을! 아무리 복에 겨워도 그렇지, 감히 의선곡의 보물을 두고 그럴 리야 있겠습니까? 어허! 그런데 이거 얘기를 하다 보니… 농담으로 한다는 것이 정말처럼 되어 버리겠습니다?"

진위승의 너스레를 초의가 담담히 웃으며 받았다.

"부주의 그 말씀이 설령 진담이라고 하여도 오늘은 아니 되겠소이다."

"예?"

"제게 남은 소금단은 이제 두 알뿐인데, 이것은 모두 부주의 몫이니 말입니다. 독이 이미 제거되었다 해도 그간 허해질 대로 허해진 기혈을 시급히 보강해야만 하고, 더욱이 이미 연회를 열겠다고 공언을 하신 바 있으니 그 말씀을 지키기 위해서라도 반드시 복용하셔야만 할 것이오."

"어허! 이거야 원. 그렇게 되면 결국에는 노부가 정말로 염치없는 욕심을 부린 셈이 되고 마는군요.”

“하하하!”

“허허허!”

방 안에 잠시 유쾌한 웃음소리가 가득했다.

웃음소리가 잦아든 뒤에 진위승이 연설란을 보며 말했다.

“이곳에 있어 봐야 심심하기만 할 것이고, 또한 젊은이는 역시 젊은이끼리 어울려야 재미가 있을 터. 마침 우리 큰아이가 부 내(府內)에 있으니 잠시 동안 함께 시간을 보내는 것도 괜찮을 것이야.”

4

연설란과 남황부의 대공자 진자흔(陣孜欣)은 양가의 어른들이 자주 왕래하는 덕분으로 두 사람 또한 어릴 때부터 친교를 맺어온 사이다.

그러나 연설란은 아주 잠깐 갈등에 빠져야만 했다.

그녀가 마지막으로 진자흔을 만난 것이 이 년 전인데, 그때만 해도 두 사람은 스스럼없이 오누이처럼 서로를 호칭하고 대했다.

그러나 지난 이 년의 세월 동안 그녀는 소녀에서 완전한 여인으로 변모했고, 더욱이 지금 그녀의 곁에는 정인(情人)이 함께 있으니 진자흔에 대해서는 엄연한 구분을 둘 수밖에 없었다.

"진 대공자, 오랜만에 뵈어요."

진자흔의 눈빛이 일순 흔들렸다. 그러나 그는 이내 가볍게 미소를 떠올렸다.

"그렇군요. 몹시도 오랜만이군요, 연 소저."

연설란이 잔잔히 미소 지으며 곁의 이심전을 소개했다.

"이분은 심전, 이심전… 이세요!"

진자흔의 눈빛에 다시금 이채가 스쳤다. 그러나 그는 곧바로 포권하며 예를 취했다.

"진자흔이라고 하오. 만나 뵙게 되어 반갑소이다."

남황부의 후계자 신분에다 언뜻 보기에도 예닐곱 살은 위로 보이는 진자흔의 사뭇 정중한 예에 이심전이 급하게 마주 포권을 취하였다.

연설란이 두 사내가 마주 포권하는 모습을 지켜보는 중에 어디선가 한 가닥 훈훈한 바람이 불어왔다.

그리고 그녀는 이심전이 코끝을 찡긋하는 모습을 보았다. 참 예민하다 싶었다. 다만 은은하게 번지는 향기에 저리 즉각적인 반응을 내비치다니.

그녀는 지금 코끝을 스쳐 지나고 있는 향기에 대해 알고 있었다. 그녀에게는 익숙한 향기다. 어렸을 적에는 그 향기에 대해 놀리기도 했다. 사내가 무슨 향을 뿌리고 다니느냐고.

그럴 때마다 그녀보다 한참이나 위인 향기의 주인은 빙그레 웃기만 했다. 사실은 그녀 외에 다른 누구도 감히 향기의 주인을 놀리지 못했다. 그는 바로 남황부의 차기 주인이 될 대공자 진자흔이었으니까.

5

이심전은 최대한 깊숙하게 숨을 들이켰다.

그리고 신중하게 음미했다.

그러나 그의 심장은 이미 터질 듯이 맹렬하게 뛰기 시작하고 있었다.

그 향기였다.

죽어도 잊지 못할 향기!

바로 그자였다.

남은 둘 중의 하나.

이심전은 이를 악물며 천천히 포권을 풀었다.

원수를 처단하는 데는 추호의 망설임도 있을 수 없었다.

원수가 아무리 연설란과 가까운 사이라고 해도.

연설란의 원망을 듣고, 이윽고 그녀로부터 배척을 당하게 된다고 하더라도.

다만 지금 그녀가 보고 있는 당장의 이 자리에서 그녀로 하여금 무참한 광경을 보게 하고 싶지는 않았다.

그것이 그가 그녀에게 베풀 수 있는 최선이리라.

그러나 당장의 살기를 억누르는 것만으로도 그의 온몸에
는 치 떨리는 전율이 일고 있었다.

그는 차라리 외면했다.

그에게로 향하고 있는 원수의 시선을.

6

이심전이 무슨 일인지 갑자기 힘에 겨운 기색이 되었고, 또
한 진자흔이 대번에 불쾌한 기색이 되는 것을 보고 연설란은
크게 당황하고 말았다.

더욱이 그것이 '향기' 때문일 수 있다는, 진자흔이 그렇게
여길 수도 있다는 생각에 이르자 그녀는 더 이상 두고 볼 수
가 없게 되었다.

"심전……."

그녀가 나직이 불렀다.

그러나 이심전은 그녀를 보지 않았다.

다만 차갑게 가라앉은 시선을 바닥으로 향하고만 있었다.

그런 그에게서 그녀는 문득 알 수 없는 느낌을 받았다. 무
언가 섬뜩한 종류의 느낌이다.

그녀가 자신도 모르게 흠칫 어깨를 떨고 말 때였다.

"혹시 소생이 무슨 결례라도 저지른 것인지……? 만약 그
렇다면 그것은 소생이 전혀 의도하지 않은 바이니 말씀해 주

남황부(南荒府) 43

신다면 즉시 바로잡도록 하겠소이다.”

진자흔이 딱딱하게 굳은 얼굴이나마 다시 포권하며 정중하게 청했다.

그러나 이심전은 여전히 시선을 들지 않은 채로 천천히 뒤돌아서서는 곧장 성큼 걸음을 내디뎠다.

“심전!”

연설란이 다급하게 불렀다.

그녀의 목소리에는 당황을 넘어 이윽고는 은은한 분노가 배어 있었다.

이심전은 멈칫했다. 그러나 잠시였을 뿐 그는 다시 걸어갔다.

진자흔이 차갑게 굳은 얼굴로 연설란을 돌아보았다.

그러나 연설란은 이심전을 위해 아무런 해명도 해줄 수가 없었다. 지금은 그녀 역시도 이심전의 태도에 대해 도무지 이해할 수 없었으니까.

이심전의 성격상 처음 보는 진자흔과 수월하게 말을 섞지는 못하리라는 것은 이미 짐작하고 있는 일이다. 그러나 그는 순후하고 충직한 심성을 지닌 사람이다. 그녀가 이끌렸을 만큼. 그런 그가 지금 왜 갑자기 사람이 달라진 듯이 돌변한 모습이 된 것일까?

진자흔이 천천히 그녀에게서 시선을 돌리고 있었다.

“서라!”

그 나직하고도 진중한 진자흔의 외침에는 은은한 공력이 담겨 있었다.

이심전이 순간 멈칫하였다. 그러나 멈춰 서지는 않았다.

진자흔이 이윽고 폭발하며 크게 외쳤다.

"그대는 지금 나를 안중에도 두지 않겠다는 것인가? 그렇다면 그대는 사람을 잘못 보았다! 나 진자흔은 결코 그대가 함부로 대할 만큼 보잘것없는 사람이 아니다!"

그 순간에 이심전 역시도 마음속에 꽉 찬 거대한 살기와 분노를 더는 누를 수가 없게 되었다. 그는 천천히 돌아서며 진자흔을 향해 마주 섰다.

연설란이 다급하게 외쳤다.

"왜들 이러세요?"

그녀는 우선 이심전을 질책했다.

"심전, 도대체 무엇 때문인가요? 남황부에서 우리에게 섭섭하게 대한 것이 없고, 진 대공자 또한 시종 예의로써 대해 주셨거늘. 그리고 설령 무슨 오해가 생겼다고 하더라도 이렇게 행동해서는 안 되는 것이에요!"

이어 그녀는 다시 진자흔을 향하며 호소했다.

"진 대공자, 아무래도 이분께 무슨 오해가 생긴 모양인데, 제가 먼저 무슨 사정인지 알아보고 난 연후에 대공자께 정중히 사과드리도록 할게요."

그러나 진자흔은 이심전에게서 눈길을 돌리지 않으며 담

담히 말했다.

"그렇게 되기는 아무래도 어려울 것 같구려."

연설란이 급히 돌아보니 이심전이 천천히 검을 뽑고 있었다. 더욱이 그런 그에게서는 결코 흥분된 것이 아닌, 암울하게 가라앉은 차가운 살기가 짙게 감돌고 있었다.

"아아!"

연설란이 이윽고는 원망스러운 탄식을 흘리고 말았다.

"무엇 때문인가? 서로 검을 맞대야 하는 이유라도 알아야 할 게 아닌가?"

진자흔이 이심전을 향해 차갑게 물었다.

그 점에 대해서는 연설란 또한 강한 의문을 품지 않을 수 없었다.

"향기."

이심전이 나직하게 대답했다.

그 순간 연설란은 온몸에서 힘이 쭉 빠져나가는 느낌이다. 정말로 향기 때문이라는 말인가? 고작 그 이유 때문이라는 말인가?

"흥!"

진자흔이 차갑게 코웃음을 쳤다.

연설란은 이 순간 진자흔의 심정을 공감할 수 있을 것 같았다. 그는 다만 그 향기를 선호할 뿐이다. 때때로 사람들에게 오해를 받기도 하지만, 포기하지 못할 그의 취향이다. 아니,

다른 사람에게 특별히 피해를 주지 않는 이상 그가 그러한 취향을 굳이 포기할 이유도 없었다. 그는 조금도 잘못이 없었다.

"그 향기가 당신에게 무슨 피해라도 끼쳤나요?"

연설란이 차갑게 이심전을 응시하며 물었다.

냉랭한 어조였다. 그리고 '당신' 이라는 호칭은 몹시도 아프게 이심전의 가슴에 와서 박혔다.

이심전은 여전히 그녀를 외면했다. 그리고 음울하게 대답했다.

"말할 수 없소! 지금은!"

그때 진자흔이 성큼 걸음을 뗐다. 검극을 아래로 늘어뜨린 채였다. 일단 움직임을 시작하더니 그는 미끄러지는 듯한 보법으로 빠르게 이심전과의 거리를 좁혀갔다.

이심전은 서둘지 않았다. 그는 천천히 진자흔과의 거리를 마주 좁혀갔다.

이심전의 검이 곧장 진자흔의 목을 노리고 찔러갔다.

그런 데 대해 진자흔은 오시하듯이 여전히 검극을 늘어뜨리고 있더니 한순간 벼락같이 검을 튕겨 올렸다.

챙!

진자흔은 간단히 이심전의 검을 튕겨냈다. 그러나 다음 순간 그는 크게 놀라고 말았다. 간단치가 않았다. 가볍게 응한 그 한 번의 맞부딪침에서 뜻밖에도 굉장한 충격파가 전해져

왔다. 그의 내부 기혈을 대번에 뒤흔들고 말 정도로.

진자흔은 주춤 한 걸음을 물러났다. 아니, 밀려나고 말았다. 이심전이 그를 좇아 성큼 다가서고 있었다. 그리고 다시 검을 찔러냈다. 똑같은 수법이었다, 아주 간단해 보이는.

그러나 진자흔은 이번에는 감히 맞받아쳐 낼 엄두를 내지 못하였다. 그는 급급히 좌로 돌며 그 회전력을 빌려 이심전의 검을 흘려냈다. 뒤이어 상대의 허를 찌르리라는 반격의 한 수가 계산된 대응이었다. 그러나 그는 곧바로 다급한 경호성을 내뱉고 말았다.

"헛!"

진자흔의 의도와는 달리 두 자루의 검은 다시 맞부딪쳤다.

지극히 단순하게 직선으로만 찔러오던 이심전의 검이 좌로 돌며 비켜 나가는 진자흔의 움직임을 여지없이 따라붙었던 것이다. 그럼으로써 진자흔은 이번에도 상대의 검을 쳐낼 수밖에 없었다.

챙!

"윽!"

이번의 충격은 보다 강력했다. 좀 전의 배는 되는 것 같았다. 진자흔의 입가에 곧바로 핏기가 배어났다. 그는 비틀하며 황급하게 다시 두 걸음을 물러났다.

그러나 이심전은 그림자처럼 진자흔을 따라붙었고, 다시 똑같은 수법으로 검을 찔러냈다.

진자흔은 전력을 다해 검초를 펼쳐 내는 것 외에는 다른 선택의 여지가 없었다.

파르르릉!

진자흔의 검이 일순 거센 떨림을 일으키며 허공에다 수십 개의 검영(劍影)을 일시에 만들어냈다. 남황부의 검법 절기 옥류쇄검(玉流碎劍)의 비초(秘招)였다.

그러나 곧바로 진자흔은 경악하고 말았다. 이심전의 검이 옥류쇄검의 변화를 유유히 헤치며 다가들고 있었다. 그는 이를 악물었다.

탕!

두 자루의 검이 격렬하게 부딪쳤고, 진자흔은 요동치는 기혈을 견디지 못하고 와악 하고 한 모금의 피를 토해냈다. 순간적으로 전신의 맥이 풀렸다. 진원(眞源)을 크게 상하고 만 것이리라.

진자흔은 검을 아래로 늘어뜨렸다. 더 이상 저항한다는 것은 스스로를 더욱 비참하게 만들 뿐이었다. 알고 보니 이심전은 그가 감히 상대하지 못할 상승 경지의 고수였다.

진자흔은 굳이 패배를 시인하는 대신에 차라리 두 눈을 감고 말았다.

그때였다.

"안 돼요!"

연설란이 다급하게 외치는 소리가 어스름하게 어둠이 내

리는 사방으로 날카롭게 퍼져 나갔다.

진자흔이 명백하게 대항을 포기한 상태에서도 멈추지 않고 진자흔의 목을 찔러가고 있던 이심전의 검이 멈칫 섰다. 그러나 이심전은 검을 거두지 않은 채로 나직하게 뱉었다.

"당신은 관여하지 마시오!"

그 목소리가 무심하다 못해 차갑기까지 하다는 데 대해 연설란은 저도 모르게 부르르 몸을 떨었다.

"심전, 당신에게 어떤 사정이 있는지는 모르겠으나, 저와 할아버지의 입장을 생각해서라도 이렇게 할 수는 없는 일이에요!"

연설란의 목소리에 호소와 함께 원망이 가득 담겼다. 그러나,

"미안하오!"

짧게 뱉은 이심전은 단호하게 그녀를 외면해 버렸다. 이어 진자흔을 향한 그가 담담하게 말했다.

"그때 너는 내 아버지의 오른 어깨를 부러뜨렸지!"

"무슨……?"

감았던 눈을 뜨며 하는 진자흔의 반문에 짙은 의아함이 서렸다.

그때 이심전이 나직하게 덧붙였다.

"이렇게!"

우두둑!

돌연히 뼈마디 으스러지는 소리가 울렸고, 다시,

"크윽!"

하고 참혹한 비명이 뒤따랐다. 진자흔의 것이었다. 그는 오른 어깨가 통째로 으스러진 고통에 진저리를 치고 있었다.

"무슨 짓이에요!"

연설란이 놀라 외치며 달려왔다. 그러나 그녀는 두어 걸음도 채 내닫지 못하였다. 그녀의 앞에 문득 부드러우면서도 질기기 그지없는 무형의 벽이 형성되며 그녀를 가로막았기 때문이다. 그녀가 경악할 때, 진자흔에게 시선을 둔 채로 이심전이 천천히 내뱉었다.

"마지막으로 말하건대, 당신은 관여치 마시오! 만약 다시 한 번 나를 막으려 한다면… 아무리 당신이라고 해도 결코 용서치 않을 것이오!"

연설란은 이심전의 그런 모습을 처음 보았다. 그처럼 냉랭한 모습을. 그처럼 이글거리는 분노가 담긴 이심전의 목소리는 처음으로 들었다. 그녀는 이윽고 부르르 떨고 말았다.

"아아! 어떻게… 어떻게 당신이 내게 그런 말을……?"

그녀가 신음처럼 중얼거렸다. 아니, 소리 죽여 흐느꼈다. 서럽게.

7

"황룡건."

그 말은 그에게만 들리도록 하려는 듯이 아주 나직했다. 그러나 지독히도 차가웠기에 진자흔은 끔찍한 고통 중에도 흠칫 놀라 묻지 않을 수 없었다.

"넌… 넌 누구냐?"

그러나 대답 대신 그에게 돌아온 것은 또 다른 고통이었다.

우둑!

"큭!"

진자흔의 손가락 하나가 그대로 꺾여 나갔다.

그러나 그걸로 그치지 않았다. 다시 몇 개의 손가락이 잇따라 꺾여 나가는 참혹한 고통에 진자흔은 처절한 비명을 내질러야만 했다.

"으아아악!"

이심전이 잠시 그 잔인한 손속을 멈춘 틈을 타 진자흔이 온 힘을 다해 외쳤다.

"왜! 도대체 왜……?!"

"오 년 전, 황촌! 그때 너희가… 네가 내 아버지께 했던 그대로를 되돌려주고 있는 것이다!"

담담하게 돌아온 그 대답에 진자흔은 문득 진저리를 치듯이 몸을 떨었다. 그리고 다시 길게 탄식했다.

"아아, 그렇다면… 당신이 바로……?"

이심전이 담담하게 받았다.

"셋은 이미 죽었다. 너 또한 곧 죽을 것이다. 다만… 그때의 다섯 중 마지막으로 남은 자, 백룡건의 정체를 말해준다면 조금의 배려는 해줄 수 있다. 즉 네게 되돌려 주어야 할 절차들이 아직 남았으되, 그것들을 거치지 않고 곧장 죽음을 맞을 수 있도록 해주겠다."

진자흔은 문득 희미하게 미소를 떠올렸다. 잔뜩 일그러진 얼굴에 떠올린 그의 미소는 차라리 처연했다.

"지난날 철없이 저지른 그 일에 대해서는 후회한다. 그러나… 기왕에 이런 처지가 된 마당에 구차스럽게 편한 죽음을 구걸하지는 않겠다."

순간,

팟!

하고 이심전의 검이 번뜩였다. 동시에 팔 하나가 어깨에서 분리되며 바닥으로 떨어졌다. 진자흔의 왼팔이었다.

"크윽!"

진자흔의 악다문 잇새로 처절한 신음이 뱉어져 나온 것은 조금의 시차를 두고서였다.

참혹한 광경에 연설란이 치를 떨며 부르짖었다.

"이 악독한! 나는… 나는 당신을… 결코 용서하지 않겠어요!"

이심전은 그녀의 절규에 반응하지 않았다. 다만 천천히 검을 들어 다시 진자흔의 목을 겨누었다.

그 광경에 연설란은 더 이상 버티고 서 있을 기력마저 잃고 서 그 자리에 주저앉고 말았다. 거대한 충격이 그녀를 잠식해 들었다. 지금의 이심전은 차라리 악마였다. 저처럼 잔혹한 악 마가 그녀가 아는 이심전일 수는 없었다. 도저히!

그때였다.

삑!

삐익!

멀리서 급박한 호각 소리가 울려 퍼졌다.

연설란은 퍼뜩 정신을 차리며 온 힘을 다해 외쳤다.

"여기예요, 여기! 대공자가 위험해~!"

그녀의 외침이 전해졌던지 어둑한 앞쪽으로부터 수십의 신형이 쾌속하게 쏘아오고 있었다.

8

이심전은 차마 진자흔의 목을 베지 못했다.

사방으로부터 맹렬한 기세로 포위해 들고 있는 수십 명의 고수 때문은 아니었다.

연설란 때문이었다.

도움을 청하는 그녀의 외침에 담긴 다급함과 간절함은 그 로 하여금 복수의 마지막 일 검을 차마 내려치지 못하게 만들 었다.

일단의 적이 곧장 그를 향해 덮쳐 오고 있었다.

언뜻 판단하기에도 놀라운 고수들이었다.

아마도 남황부의 자랑이라는 삼십육천강(三十六天罡)일까?

적들이 뿜어내는 폭발적인 기세가 그물처럼 촘촘히 그를 얽어매 들고 있었다.

순간 혈룡의 기세가 더없이 맹렬해졌다.

그러나 그는 오히려 담담해졌다.

그의 내부로부터 문득 한 가닥 맑고 청량하기 이를 데 없는 기운이 일어났기 때문이다.

심검이었다.

그는 그 한 자루 은은하게 빛나는 무형의 검을 자연스럽게 외부로 내보냈다.

순간 보이지 않던 많은 것이 일시에 보이기 시작했다.

아니, 느껴졌다.

이전에도 경험해 본 적이 있는 현상이었으나, 다만 지금 그러한 것들은 이전에 비해 훨씬 더 넓은 영역으로, 그리고 더욱 선명하게 펼쳐졌다.

그는 자신의 그러한 능력에 대해 보다 강력한 신뢰를 가지게 되었다.

또한 문득 어떤 희열 같은 것을 느끼게 되었다.

지금껏 그를 감싸고 있던 단단한 껍질 하나가 비로소 깨어져 나가고 있는 것 같았다.

　현장에 도착한 남황부주 진위승과 초의는 눈앞에서 벌어지고 있는 광경에 두 눈을 부릅뜨고 말았다.

　장내에 치열한 전투가 벌어지고 있었다. 아니, 치열하다기보다는 차라리 일방적이었다. 삼십육천강이 포위망을 형성한 채 한 사람을 공격하고 있었다. 그러나 일방적으로 당하고 있는 것은 오히려 삼십육천강이었다.

　그 한 사람은 그다지 치열해 보이지도 않았다. 오히려 차분한 움직임을 보이고 있었다. 그의 검은 그다지 빠르게 보이지도 않았고 어떤 형식을 갖춘 것 같지도 않았다. 그저 간결하였고, 순간순간 임기응변으로 펼쳐 내는 것 같았다. 그러나 그의 검이 한번 움직일 때마다 비명이 하나씩 터져 나왔다. 그리고 삼십육천강의 하나가 쓰러졌다. 바닥에는 벌써 십수 명의 삼십육천강이 쓰러져 있었다. 경악스러운 것은 그 한 사람이 바로 이심전이라는 사실이었다.

　전체적인 상황을 파악하느라 진위승은 조금 뒤늦게 발견하였다. 치열한 접전의 와중에 이심전의 발아래 주저앉은 채로 있는 또 다른 한 사람을. 그 사람은 심각한 부상을 당한 듯했고, 더욱이 한쪽 팔이 절단된 상태였다. 그런데 그가 바로 진자흔임을 알아본 순간 진위승은 벼락처럼 부르짖었다.

"모두 멈춰라!"

우르릉!

사방의 대기가 마구 진동하였다. 대단한 공력이 담긴 사자후였다. 이제 막 내력을 회복한 처지라고는 하나 과연 남황부의 주인다운 위엄이었다.

삼십육천강이 일제히 멈추었다. 이심전에 대한 포위망을 풀지 않은 채 처절한 살기를 서리서리 내뿜으며. 그들의 발치에는 그들의 동료들이 곳곳에 쓰러져 있었다.

이심전 또한 자연스럽게 멈추어 섰다. 그는 천천히 검을 늘어뜨렸다. 그러자 그의 검극이 자연스럽게 진자흔의 목에 닿았다.

남황부의 무사들이 속속 몰려들고 있었다. 그들은 삼십육천강의 포위망 바깥을 다시 겹겹으로 에워쌌다. 그들이 내뿜는 살기가 또한 겹겹으로 장내 전체를 가두고 있었다.

10

남황부주 진위승은 이 참혹한 사태의 본질을 도무지 이해할 수 없다는 데 대해 더욱 참을 수 없는 분노가 치밀었다. 그의 분노는 곧장 초의 연성도에 대한 원망으로 번졌다.

그들 조손이 아니었다면, 그들에 대한 신뢰가 아니었다면 애초에 저처럼 위험한 인물을 아무런 경계도 없이 남황부 안으로 끌어들이는 일은 없었을 것이 아닌가? 그 때문에 무방비 상태에서 이런 처참한 일을 당하지도 않았을 것이 아닌가?

진위승의 타는 듯한 시선에 담긴 원망을 초의가 짐작하지 못할 리 없었다. 그러나 그 또한 기가 막힐 일이었다. 손녀가 이심전을 대하는 진심을 느낄 수 있었기에 그에게 호감을 가졌건만. 그런 이심전이 이런 처참한 일을 벌이다니!

황망함에 이어 뼈저린 배신감에 소름이 돋았다. 그러나 지금은 무엇보다 사태를 수습하는 것이 급선무였다. 진자흔의 목을 겨눈 이심전의 검은 진정의 살기를 뿜어내고 있었다. 자칫 진자흔이 목숨마저 잃게 되는 상황으로 치닫게 된다면 앞으로 남황부는 그와 의선곡을 결코 호의로 대하지 않을 것이다.

"노부가 일시 눈이 흐려져 사람을 크게 잘못 보았으니 참으로 통탄할 일이로다!"

초의가 앞으로 나서며 깊이 탄식했다.

조부의 그런 모습에 연설란 또한 마음이 찢어지는 듯하였다. 이 모든 사태가 결국은 그녀가 이심전을 이곳으로 데리고 왔기 때문에 벌어진 일이라 자책하지 않을 수 없었다.

"자네는 검을 거두게!"

초의의 무거운 외침에 이심전이 순간적으로 멈칫하였다. 그러나 그는 검을 거두지는 않았다.

그 모습을 보고 연설란이 참지 못하고 날카롭게 소리쳤다.

"당신은 할아버지의 말씀까지 거역할 셈인가요?"

이심전이 연설란의 원망 서린 눈빛을 마주 대하지 못하고 시선을 바닥으로 떨구었다.

그때 초의가 성큼성큼 앞으로 걸어 나갔다.

남황부의 무사들과 삼십육천강이 차례로 길을 열어주었고, 초의는 이윽고 이심전의 바로 앞까지 다가섰다.

"일단 검부터 거두게. 그리고 도대체 어찌 된 일인지 사정을 들어보세."

초의가 가만히 고개를 끄덕이며 말했다. 강한 질책이겠으나, 한편으로는 달래고 타이르는 듯한 어조였다.

이심전은 일단 검을 거두지 않을 수 없었다. 일이 이런 지경에까지 이르렀으니 초의께는 개략이라도 사정을 말씀드려야겠다는 생각이 드는 것이다. 물론 그렇게 해서 초의가 그를 위해 취해줄 수 있는 조치는 아무것도 없으며, 오히려 초의 자신과 연설란의 입장만 더욱 곤란하게 될 것이 분명하지만.

이심전은 가만히 할 말을 정리하였다. 길게 말할 것은 없었다. 짧고 분명한 말이면 족할 것이다. 그런데 그 순간이었다. 그의 목 아래와 가슴 양쪽에 돌연 찌릿한 충격이 가해지더니 곧바로 온몸이 마비되고 말았다. 그는 부릅뜬 눈으로 초의를 바라보았다.

"미안하네. 그러나 더 이상의 파국을 막기 위해서는 달리 도리가 없었네."

꼿꼿하게 세웠던 손가락을 거두며 초의가 무겁게 뱉었다. 그는 방금 의선곡의 지공일절(指功一絶)인 일지선(一指禪)의 수법으로 이심전의 마혈 세 군데를 일시에 점해 버린 것이다.

그때였다.

"이노옴!"

누군가 벼락같이 외치며 덮쳐들었는데, 바로 진위승이었다.

쾅!

이심전은 가슴에 강맹하기 이를 데 없는 일장을 정통으로 가격당했고, 속절없이 일 장여를 날아가 바닥에 처박혔다.

푸학!

입에서 거센 핏줄기를 뿜어낸 이심전이 그대로 머리를 떨구었는데, 더는 움직임이 없는 것이 그대로 정신을 잃고 만 듯했다.

그러나 진위승은 멈추지 않았다. 곧장 검을 뽑아 들더니 쓰러진 이심전에게로 성큼 다가섰다.

"부주! 손속에 사정을 좀 두시오!"

초의가 급하게 따라붙으며 외쳤다.

"비키시오!"

진위승이 나직이 외쳤다. 비록 낮은 목소리였으나 거기에는 더할 수 없는 격노가 담겨 있었으니 초의가 감히 말릴 생각을 하지 못하고 뒤로 물러나고 말았다.

진위승은 그대로 검을 세워 쓰러진 이심전의 심장을 겨냥했다.

"안 돼요!"

연설란이 비명처럼 외치며 앞으로 달려 나가려고 했다. 그러나 초의가 그녀의 어깨를 잡아챘다. 그리고 가만히 고개를 가로저었다. 조부의 표정에 깃든 무거운 빛을 보고는 그녀가 차마 그 손길을 뿌리치지는 못하였다.

진위승의 검이 곧장 아래로 내리박혔다.

연설란은 차마 그 광경을 목도하지 못하고 질끈 두 눈을 감으며 절망의 탄식을 흘려냈다.

"아아!"

그런데 그때였다.

챙!

맑은 금속음이 울리더니 이심전의 심장을 찔러가던 진위승의 검이 돌연 옆으로 튕겨났다.

"웬 놈이냐?"

진위승의 노한 호통이 부르르 주변 일대를 떨어 울렸다.

11

장내에는 새로이 두 사람이 나타나 있었다. 그중 한 사람은 허공중에서 강력한 지풍을 튕겨 남황부주의 검을 튕겨내는 동시에 이심전의 곁으로 날아 내려 방위를 점하고 버티고 섰고, 다른 한 사람은 마치 환영(幻影)인 듯이 어느 순간 문득 진자흔의 바로 곁에 나타나 있었다.

두 사람 모두 참으로 놀라운 등장이었다. 그중에서도 특히 지금 진자흔의 곁에 우뚝 버티고 서 있는 자에 대해서는 도대체 그가 언제, 어떤 수법으로 나타나 그 위치를 점하였는지 장내의 누구도 정확히 알지 못하였으니 그야말로 귀신같은 등장이었다.

"적이다!"

누군가 날카롭게 외쳤고, 남황부 무사들이 그제야 일제히 덮쳐들 태세를 취했다.

그러나 남황부의 무사들은 곧바로 다시 얼어붙고 말았다.

검 한 자루가 아주 조용히, 그리고 차갑게 진자흔의 목젖을 파고들었기 때문이다. 가늘지만 아주 선명한 붉은 핏자국을 내면서.

12

장삼과 사괴가 어떻게 해서 지금 이 자리에 나타났는지에 대해서는 조금도 짐작 못할 노릇이었지만, 그 이전에 연설란은 지금 두 가지의 상반된 마음이 동시에 들었다.

그 하나는 다행이라는 안도의 심정이다. 이심전이 일단은 목숨을 구함받았으니 말이다.

　그러나 반대로 이 모든 것이 이심전과 장삼 등이 처음부터 어떤 사특한 목적을 가지고 사전에 모의한 것일 수도 있다는 의심도 문득 드는 것이다.

　만약 그녀가 그들에게 감쪽같이 속았다면 그녀가 이심전에게 주었던 진정은 그 얼마나 무참하게 짓밟힌 것인가?

　연설란은 문득 진저리를 치고 말았다. 온몸에 소름이 돋는 듯하였다.

　그때 진위승이 무겁게 물었다.

　"웬 놈들이기에 허락도 없이 함부로 남황부의 경내를 출입한 것도 모자라 감히 본 부의 행사에 끼어드는 것이냐?"

　장삼이 흘깃 연설란 쪽을 한번 보고 나서 천천히 대답했다.

　"기왕에 박대를 당하는 마당인데 우리가 누구인지 굳이 밝힐 이유는 없을 것 같소만?"

　"이런 죽일 놈! 감히 본좌 앞에서 함부로 입을 놀리느냐?"

　진위승이 노한 호통을 터뜨렸다.

　그러나 장삼은 태연한 채로 슬쩍 시선을 한곳으로 향했다. 그런 장삼의 시선 끝에는 목에 칼끝이 겨누어져 있는 진자흔이 있었으니, 진위승이 부르르 어깨를 한번 떨고는 다시 물었다.

　"네놈들이 지금 어찌하겠다는 것이냐?"

　"우리의 처지가 이미 궁지에 몰린 쥐와 다를 것이 없는데

가리고 못할 짓이 무엇이겠소?"

장삼은 별로 급할 것이 없다는 듯이 느긋해 보였고, 언변에
는 거침이 없었다.

"단도직입적으로 말하겠소! 우리는 무사히 남황부를 벗어
나기를 원하오!"

"살고 싶다면 인질부터 풀어라!"

"그럴 순 없소! 그러나 우리가 일단 남황부를 벗어나 안전
을 확보한 다음에는 무사히 풀어줄 것을 약속하겠소!"

"허튼소리! 네놈들을 어찌 믿는단 말이냐?"

장삼이 사괴를 향해 슬쩍 눈짓을 했다.

그러자 검극이 대어져 있는 진자흔의 목젖 부분에서 한 줄
기의 피가 주르르 흘러내렸다.

"이놈! 멈추지 못할까?"

진위승이 다급하게 외쳤다.

그러나 장삼은 담담히 웃기만 했다.

그때였다.

"제가 저들과 함께 가겠어요! 그리고 반드시 진 대공자를
안전하게 보호하여 돌아오겠어요!"

연설란이었다.

"애야?"

초의가 흠칫 놀라며 나직이 불렀다. 그러나 연설란은 처연
한 미소를 떠올리며 차분하게 받았다.

"저들 모두는 제가 잘 아는 사람들입니다. 곧 지금의 이 사태에 대해서는 저의 책임이 크다고 할 것이니 어떻게 해서라도, 제 목숨을 걸고라도 진 대공자의 안위를 보호하고자 하는 것입니다."

연설란이 그렇게까지 말하는 데야 초의가 쉽게는 말을 더 보태지 못하였다.

진위승 또한 다른 마땅한 방도를 찾을 수는 없었는지 무겁게 고개를 끄덕이고는 주변을 향해 명령했다.

"길을 열어주어라!"

장삼이 곧바로 움직이지 않고 지그시 연설란을 바라보았다. 그에 대해 연설란이 모두가 들으라는 듯이 조금 소리를 높여 말했다.

"남황부는 한번 한 약속을 어기는 곳이 결코 아니에요!"

그제야 장삼이 사괴를 향해 가볍게 고개를 끄덕였고, 사괴가 진자흔의 몸을 일으켜 세웠다. 그리고 장삼은 쓰러져 있는 이심전의 몸을 추슬러 등에 들쳐 업었다.

사괴가 목에 검을 겨눈 채로 진자흔을 앞장세웠고, 진자흔은 힘겹게 걸음을 떼었다.

이심전을 업은 장삼과 연설란이 그 뒤를 바짝 따랐고, 다시 그런 그들의 주위를 넓게 에워싸듯이 하며 남황부의 무사들이 일제히 움직였다.

"더 이상은 누구도 우리를 따르지 마시오! 인질은 정확히 일각 후에 풀어주겠소!"

남황부의 정문을 나서며 장삼이 내력을 실어 외쳤고, 남황부의 모두는 감히 한 걸음도 더 움직이지 못했다.

13

"소저는 이제 그만 돌아가십시오."

장삼의 말에 연설란은 반사적으로 물었다.

"진 대공자는요?"

장삼이 희미하게 웃었다.

"나 장삼은 한 번 한 약속을 어기는 사람이 결코 아닙니다."

연설란은 흠칫 표정을 굳히고 말았다. 장삼의 그 말은 그녀가 남황부 안에서 했던 말을 그대로 상기시키는 것이었고, 그럼으로써 그가 그녀를 비난하고자 하는 뜻을 설핏 느꼈기 때문이다.

장삼이 가볍게 미간을 좁혔다가는 사뭇 무거운 투로 다시 말했다.

"남황부 안에서 무슨 일이 벌어졌는지에 대해 나는 자세히 알지 못하거니와, 설령 짐작되는 것이 있다고 하더라도 필괴가 굳이 해명하지 않은 사정에 대해 내가 함부로 말을 보태고 싶지는 않습니다. 그러나… 한 가지에 대해서만큼은 확실히 말할 수 있습니다.”

연설란은 장삼의 시선을 피한 채로 묵묵히 듣고만 있었다.

장삼이 가볍게 한숨을 쉬고 나서 말을 이었다.

“그 상황에서 필괴와 소저의 입장이 바뀌었다면 장담하건대 그는 반드시 소저를 끝까지 믿고 지지했을 것입니다.”

순간 연설란이 흠칫 시선을 들어 장삼을 보았다.

장삼의 표정은 담담하기만 했다. 차갑게 느껴질 만큼. 그가 천천히 말을 계속했다.

“세상의 모든 사람이 당신을 비난한다고 할지라도, 그리고 설령 당신이 정말로 명백하게 어떤 잘못을 범했다고 할지라도 그는 분명 당신에게 그럴 만한, 그럴 수밖에 없는 어떤 사정이 있을 것이라고 믿어주었을 겁니다. 그만은 당신의 편이 되어주었을 겁니다. 그리하여 당신과 함께 비난받고 함께 뭇매 맞기를 조금도 주저하지 않았을 것입니다.”

연설란은 이윽고 멍해지고 말았다.

“이자의 몇 군데 혈을 짚어놓았으나 조금 후 일각이 되는 시점쯤에 저절로 풀릴 것입니다.”

장삼이 말하고 사괴가 어둠 속으로 사라져 갔지만, 연설란은 꼼짝도 하지 않고 그냥 그렇게 하염없이 서 있기만 했다.

“으윽!”

이윽고 제압된 혈이 풀렸는지 진자흔이 신음을 흘리며 몸을 휘청거렸다.

연설란이 그제야 흠칫 놀라 깨어나며 얼른 진자흔을 부축하였다.

"대공자!"

"어디 계시오!"

멀리서 외치는 소리가 들렸다.

진자흔이 소리쳐 대답하려고 하는 것을 연설란이 급하게 제지했다.

"잠깐만, 진 대공자!"

연설란은 진자흔에게 한 가지 꼭 물어봐야 할 것이 있었다.

"진 대공자가 과거에 심전 그 사람의 아버지를 해친 것이 사실인가요?"

진자흔은 곧바로 대답하지 못했다.

"도대체 무슨 이유에서였죠?"

따지듯이 이어지는 연설란의 물음에 진자흔은 차라리 고개를 돌려 그녀를 외면하고 말았다.

그때였다. 일단의 사람들이 빠르게 날아오며 그중의 몇몇이 크게 외쳤다.

"여기다!"

"대공자와 연 소저가 여기 있다!"

진자흔은 가늘게 한숨을 쉬었다. 동시에 다리에 힘이 풀리고 말았다. 그동안 그를 버티게 해주었던 마지막 힘마저 모조리 소진된 듯하였다.

“자흔아!”

빠르게 달려와서 걱정 가득한 목소리로 외치며 연설란에게서 빼앗듯이 진자흔을 부둥켜안는 이는 남황부주 진위승이었다.

이어 진위승이 주변을 향해 차갑게 명령했다.

“즉시 놈들을 추격해라! 또한 인근의 모든 방파에 전문을 돌려 협조를 청해라! 반드시 놈들을 잡아야 한다! 감히 남황부를 건드린 대가를 열 배 백 배로 치르게 해줄 것이다!”

14

초의가 진자흔을 치료하겠다고 했으나, 진위승은 차갑게 거절했다. 비록 더 이상 몰아붙이지는 않았으나 초의 조손을 대하는 그의 태도에는 여전한 원망이 서려 있었다.

그리하여 초의 조손이 더는 남황부에 머물 입장이 되지 못하였으니, 거듭하여 몇 번이나 위로와 사과의 말을 하고는 어두운 밤중임에도 불구하고 쫓기듯이 남황부를 떠났다.

“아아! 생각해 보니 그에게는 분명 무슨 이유가 있었을 것인데, 저는 그의 사정을 자세히 들어보지도 않고… 차분히 사정을 말할 기회조차도 제대로 주지 않고 너무 일방적으로 몰아붙이기만 한 것 같아요. 그는 진 대공자와 불구대천의 원한이 있었는데, 그가 바로 남황부의 대공자라는 사실을 미처 알지 못했다가 갑자기 마주치는 바람에 그리된 것이라면, 아아, 그가 얼마나 저를 원망했을까요? 원수의 땅에서 저마저도 그를 원망하고 저주했으니 그가 얼마나 외롭고 비참했을까요?"

흐릿한 달빛에 의지하여 밤길을 걸으며 연설란은 조부에게 처연한 심정을 털어놓고 있었다. 그녀의 얼굴은 어느덧 눈물로 흠뻑 젖어버렸다.

한동안 묵묵히 듣고만 있던 초의가 그제야 입을 열어 무거운 목소리로 대답했다.

"설령 그에게 무슨 사정이 있었다고 하더라도 그가 오늘 보여준 행위는 악독 잔인하기 그지없는 것이었다. 더욱이 그가 너의 입장을 조금이라도 생각했다면 결코 그렇게까지 해서는 안 되는 것이었다. 결국… 그의 본성 중에 원래부터 악독한 일면이 있었다고 볼 수밖에 없는 것인데, 다만 이번 일 이전에는 너에게 그러한 일면을 들키지 않았던 것이다."

그때 연설란은 문득 걸음을 멈추었다. 아주 미약한 공기의 흐름이 그녀의 귓전을 스친 때문이다.

윙~!

위잉!

아주 희미한 그 두 가닥의 파동은 그녀만이 들을 수 있었다. 그리고 그것들은 이내 사라져 버렸다.

아아! 그건 봉아였다. 두 마리의 신봉이었다.

신봉들이 자신들의 존재를 그녀에게 알린 것이다. 자신들이 그녀에게 남았음을.

그가 그녀에게 남기고 간 것이리라.

그와 신봉들의 교감은 이미 깊은 지경에 도달했으니, 필시는 그가 신봉들에게 그녀의 곁에 남으라는 의지를 각인처럼 심어둔 것이리라.

그런데 중상을 입고 혼절한 채로 장삼의 등에 업혀간 그가 도대체 언제, 어떻게 그런 일을 한 것일까?

문득 멈추어 서서 넋을 잃은 듯이 멍하니 밤하늘을 올려다보고 있는 손녀를 보고 초의가 놀라며 물었다.

"애야, 무슨 일이냐?"

연설란은 그제야 퍼뜩 정신을 추슬렀다. 그러나 저절로 흘러나오고야 마는 깊은 탄식은 어쩔 수가 없었다.

"아아!"

그녀의 탄식이 애잔하게 어둠 속으로 녹아들었다.

"아무것도 아니에요."

뒤늦게 겨우 대답했지만, 연설란의 두 눈에는 눈물이 가득 고여 넘칠 듯이 찰랑거렸다.

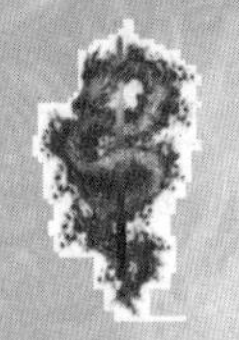

第三十章
조우(遭遇)

1

그는 묻지 않았다.

장삼과 사괴가 어떻게 마침 그때 남황부에 나타날 수 있었
는지.

혼절해 있는 그를 어떻게 구해서 여기까지 올 수 있었는지.

그리고 그녀는 어떻게 되었는지.

남황부에서 있었던 모든 일은 그대로 마무리하고 싶었다.

아니, 깨끗하게 지워 버리고 싶었다.

원한도!

사랑도!

그는 다시 원래대로 돌아갔다.

이심전에서 필괴로!

이심전으로 살기에는 아직 자격이 없었다.

복수가 끝나기 전까지는.

2

장삼은 안타까웠다. 필괴가 예전의 과묵했던 모습으로 돌아간 데다 더하여 사뭇 냉혹한 모습이 된 데 대해.

그리하여 과묵했지만 순후하고 충직했던 예전 그의 모습을 이제 다시는 볼 수 없을 것 같다는 느낌이 드는 데 대해.

장삼은 마차 한 대를 구입했다. 마차를 구매하는 일이 처음이 아니었으니, 이번에 그는 제법 신경을 써서 아예 전문 장인에게 주문 제작을 했다.

일반 마차에 비해 여러 가지의 장치를 추가했는데, 우선 눈에 띄는 것은 마부석이었다. 즉 원래의 마부석을 두고 다시 별개로 마차 안에서도 마차를 몰 수 있도록 조금 특이하게 개조를 한 것이다.

그리고 실내 장식에까지 신경 써서 마차 내부는 제법 특이하면서도 호화스러운 느낌마저 들었다.

거기에다 먹고 마실 것을 한껏 쟁여 싣고 보니 마치 부유한 대갓집 자제들이 되어 여유있게 강호 유람을 떠나는 기분이 들기도 하는 것이다.

"은자가 꽤나 들었다는 것만 알아주라고!"

필괴와 사괴의 무덤덤한 반응에 장삼이 짐짓 떨떠름하게 뱉었다. 그러나 여전히 나머지 두 사람의 무덤덤함을 깨지는 못하였다.

3

쾌청하던 날씨가 변덕이라도 부리듯이 급하게 변하고 있었다.

하늘에 먹구름이 층층이 몰려들며 금세 사방이 우중충하게 변하였는데, 막상 바람은 한 점도 불지 않아 텁텁하기만 했다. 금방이라도 한바탕 소나기가 퍼부을 듯했다.

사괴가 마부석으로 나갔다. 자진해서 나간 것이다.

사실은 냄새를 견디지 못해서였다.

지난 며칠 동안 그들은 거의 마차 안에서만 지냈다. 그것도 제대로 씻지도 않은 채 먹고 자고 하며. 편하고 또 귀찮아서 저절로 그렇게 되었다.

그러니 마차 안에 결코 유쾌하지 못한 냄새가 배는 것은 당연했다.

다만 장삼과 필괴는 그 당연한 것에 순순히 적응하고 있는 반면, 사괴는 도저히 참지 못하고 밖으로 피해 버린 것이다.

드르륵!

마부석과 통하는 통문이 열리더니 사괴가 손가락으로 자신의 머리 위쪽을 가리키며 짧게 뱉었다.

"새!"

장삼이 얼른 일어나 마차의 지붕 한곳을 옆으로 밀었다. 그러자 손바닥 네 개 정도의 공간이 뚫리며 하늘이 보였다. 그가 은자깨나 들여 추가한 여러 가지 장치 중의 하나였다.

하늘 높이 새 한 마리가 선회하고 있었다.

새는 허공을 몇 번 크게 선회하더니 어디론가 사라져 버렸다.

다시 얼마나 갔을까?

마부석의 사괴가 또 통문을 열었는데, 이번에 사괴의 표정에는 언뜻 긴장이 서린 듯했다. 그 자체만으로도 결코 흔한 일은 아니었다.

관도 한가운데에 백색의 작은 표기 두 개가 꽂혀 있었다.

하나의 표기에는 붉은색으로 '단심(丹心)' 이라는 두 글자가, 그리고 다른 하나의 표기에는 검은색으로 '십(十)' 이라는 한 글자가 적혀 있었다.

장삼이 언뜻 이채를 떠올렸다.

"단심회가 십 리 앞에서 기다리고 있다, 그런 뜻인가?"

  장삼이 스스로 해석을 해놓고는 짐짓 필괴를 향해 묻는 시
늉을 했다.
  그러나 필괴가 묵묵히만 있자 장삼이 다시 중얼거렸다.
  "단심회까지 우리에게 볼일이 있다? 이게 과연 좋은 일일
까, 아니면 나쁜 일일까? 그러나 일단 그들의 의중을 확인해
보는 것도 나쁘지는 않겠지?"

5

  후두두!
  기어코 빗방울이 떨어지기 시작하더니 이내 굵은 빗줄기
로 변하고 있었다.
  마침 마차는 짙게 안개가 서린 숲길을 통과하고 있는 중이
었는데, 갑자기 들이붓기 시작하는 빗줄기 속에서 마차는 그
대로 거대한 물의 장막 속에 갇히고 마는 듯했다.
  쏴아아~!
  들리느니 온통 빗소리뿐이었다.
  필괴는 문득 한 가닥의 냉기를 느꼈다. 마부석으로부터 전
해오는 그것은 지극히 차분하게 가라앉은 기운이었다. 그것
은 이제쯤 어느 정도 익숙해진 사괴의 느낌이었다.
  그때 장삼이 나직이 중얼거렸다.
  "그냥 둬."

그런데 그 중얼거림에 대한 반응이기라도 하듯이 돌연히 벌컥 마차의 측면 문이 열리고 한 사람이 불쑥 마차 안으로 들어서는 것이었다.

그 사람은 얼굴을 반쯤 가리는 방갓을 눌러썼는데, 비에 흠뻑 젖은 머리카락과 몸매의 굴곡만으로도 그 사람이 여인임을 대번에 알 수 있었다.

칭!

한 자루 연검이 튕기듯이 빳빳하게 펴지더니 곧장 장삼의 목을 겨누었다.

"어헛! 왜, 왜 이러시오?"

장삼이 짐짓 소스라치며 외쳤다.

방갓의 얼기설기 엮인 대나무 살 사이로 번뜩이는 안광이 비쳤다. 여인의 무공이 결코 만만치 않음을 말해주는 것이리라.

"마차의 주인이 누구인가?"

차가운 냉기가 감도는 목소리에 장삼이 다시금 움찔하고는 느닷없이 필괴를 가리켰다.

"이 사람이오!"

그러자 장삼의 목을 겨누고 있던 검이 곧장 필괴를 겨누었다.

필괴는 굳이 놀라는 체를 하지 않았다. 대신에 담담하게 방갓 안쪽 여인의 눈을 응시하였다.

희미하게 웃음기를 떠올리며 지켜보던 중에 장삼은 문득

이채롭다는 표정이 되고 말았다. 필괴가 문득 움찔 놀라는 모습을 보였기 때문이다. 뒤늦게 장단을 맞추기라도 하려는 것인가?

"해칠 생각은 없어요. 다만 잠시간만 제가 하라는 대로 하면 돼요."

한결 부드러워진 투로 여인이 말했다.

그리고 장삼은 다시금 약간의 흥미를 떠올려야만 했다, 필괴가 순순히 고개를 끄덕이는 모습에.

여인이 천천히 검을 거두어 들였다.

쏴아아아~!

밖에서는 빗소리가 더욱 요란해지고 있었다.

6

여인은 문득 얼굴을 찡그렸다. 마차 안의 고약한 냄새에 대해 이제야 반응을 보이는 것처럼.

그리고 그녀는 다시 불쾌해지고 마는 모습이었다.

"왜 자꾸 쳐다보는 것인가?"

여인의 나직한 호통은 사뭇 날카로웠다. 마침 여인을 힐끔거리던 필괴가 움찔하고 마는데, 정말로 당혹스러워하는 모습이었다.

장삼이 얼른 끼어들었다.

"우리 공자께서는 좀 소심한 성격이라 초면의 사람과는 쉽게 익숙해지지를 못해서 그런 것입니다. 그러니 여협께선 부디 너그러이 봐주십시오."

그러면서 장삼이 옆 벽면에 걸려 있는 수건을 집어서는 조심스럽게 여인에게 건넸다.

"이것… 우선 젖은 머리의 물기라도 좀……."

여인이 잠시 망설이는 기색이더니 이내 못 이기는 척 장삼의 친절을 받아들였다.

여인이 방갓을 벗는 순간, 마차 안이 갑자기 환해지는 듯했다. 특별히 치장하지는 않았음에도 여인은 보는 이의 눈을 번쩍 뜨이게 만드는 대단한 미모였다.

여인이 질끈 묶었던 머리를 풀어 물기를 닦아낼 때의 미태는 차라리 염세적이었다. 특히 그녀의 얼굴을 조금 자세히 보노라면, 마치 잔잔하게 일렁이는 불꽃처럼 엷은 홍색의 빛이 은은하여서 참으로 특이하면서도 신비로운 느낌을 주는 데가 있었다.

장삼이 잠시 여인의 미모에 눈길을 빼앗기고 있다가 언뜻 표정을 추스르며 다시 물었다.

"한데 저희가 어떻게 도와드리면 되는 것인지……."

장삼의 친절이 거듭된 때문인지 여인의 태도는 곧바로 달라졌다.

"일단은 이대로 계속 가주세요!"

"혹시… 누구에게 쫓기고 있는 중이십니까?"

장삼의 그 물음에는 여인이 또 설핏 불안한 기색을 보였다.

"그런 건 아니고… 다만 마주치고 싶지 않은 사람이 있어서……."

장삼은 더 이상 묻지 않았다.

그리하여 마차 안에는 쏟아지는 빗소리와 함께 바퀴가 덜컹거리는 소리만이 불규칙적으로 울렸다.

7

날씨가 참으로 변덕스럽기도 하였다. 그처럼 세차게 쏟아지던 소나기가 문득 멈추는가 싶더니 잔뜩 어두웠던 사위가 금세 밝아지고 있었다.

"워~!"

사괴가 나직한 소리로 마차를 세웠다. 오 장여 앞쪽에 한 무리 십여 명이 마차를 가로막고 있었기 때문이다.

당장에 여인이 몹시도 당혹스러워하는 기색을 보이는 데 대해 장삼이 짐짓 어깨를 펴 보이며 말했다.

"제가 내려서 무슨 일인지 알아볼 터이니 염려 말고 그대로 계십시오."

여인이 무겁게 고개를 끄덕이는데, 지금까지와는 달리 약간의 의지하는 듯한 기색을 비치는 것 같기도 했다.

　장삼이 마차에서 내리자 마부석에 있던 사괴 또한 마차에서 내렸다. 그럼으로써 마차 안에는 필괴와 여인 둘만이 남게 되었다.

　여인은 바깥의 동향에 온 신경을 다 기울이는 모습이었고, 상대적으로 필괴는 마차 바닥을 향하여 그저 무심해 보이는 눈길을 던져 놓고 있었다.

　마차를 가로막은 무리 중에서 한 사람이 천천히 걸어오더니 장삼과 이 장여의 거리를 두고 마주 섰다.

　백의 장삼 차림의 그 사람은 의외로 젊은 청년이었는데, 장삼이 감탄을 금치 못할 만큼 헌앙한 풍모와 출중한 기개를 지닌, 마치 한 마리 젊은 용과도 같은 느낌을 주는 청년이었다.

　그리고 청년의 뒤쪽에 조용히 머물러 있지만, 지금 그 일행 되는 자들이 은연중에 뿜어내는 기도 또한 참으로 예사롭지 않았으며, 더욱이 그 기도가 일제히 청년의 일신으로 지향되고 있다는 점에서 청년이 결코 예사롭지 않은 신분과 지위를 지녔음을 장삼은 어렵지 않게 짐작해 볼 수 있었다.

　"일로방이 맞으시오?"

　백의청년이 담담한 목소리로 물었다.

　장삼이 가볍게 놀라는 기색을 보여주고 난 다음에 다시 조금은 조심스러운 투로 반문했다.

　"그렇소만……?"

　"귀하께서 일로방주이시오?"

"우리 방주는 어찌 찾으시는지……?"

장삼이 짐짓 말끝을 늘일 때였다. 그의 등 뒤에서 마차 문이 열리며 필괴가 천천히 내려서고 있었다.

백의청년이 잠시 필괴를 살피더니 곧장 포권을 취하며 말했다.

"소생은 단심회의 능사운이오. 근래 강호에서 크나큰 명성을 떨치고 있는 일로방주를 이렇게 뵙게 되어 실로 영광이오."

필괴가 일단은 마주 포권하여 답례를 하였으나, 웬일인지 화답을 하지는 않았다.

그런데 장삼이 퍼뜩 보니 필괴의 얼굴빛이 무겁게 굳어 있는지라 얼른 필괴의 옆으로 가서 섰다.

"저희 방주께선 얼마 전 불의의 사고로 중한 내상을 입으신 까닭에 아직 언행이 원활하지를 못하시니 그 점 능… 공자의 양해를 구하는 바이오."

능사운의 시선이 날카롭게 필괴를 살피고는 다시 장삼에게로 향했다.

"귀하께서는 필시 일로방의 장 당주이시겠구려?"

장삼이 얼른 받았다.

"소생까지 알아주시니 참으로 영광이오."

능사운이 다시 담담하게 받았다.

"일로방이 단지 방주와 두 명의 방도만으로 북혈각의 칠십이지살조를 몰살시켰다는 소식이 강호 전역을 떨어 울리고 있는 마당에 소생이 어찌 장 당주를 모르겠습니까? 사실은…
소생이 오늘 우연하게 이 근처를 지나던 중에 마침 강호의 새
로운 영웅들께서 가까이에 계신다는 소식을 접하였기에 깊이
생각해 보지도 않고 곧장 달려오고 만 것인데… 아무래도 무
례가 되었다면 용서하시기 바랍니다.”

장삼이 힐끗 필괴를 돌아보고 나서 얼른 고개를 저으며 능
사운의 말을 받았다.

“무례라니! 천만의 말씀이오! 오히려 단심회의 능 공자께
서 이렇게 일부러 찾아와 주시니 우리 일로방으로서는 참으
로 반갑기 이를 데 없소이다.”

능사운이 빙그레 미소를 떠올리는 것을 보고는 장삼이 얼
른 덧붙였다.

“그리고 사실… 우리 일로방은 기왕에 무종계와는 양립할
수 없는 원한을 쌓은 처지로, 따지고 보면 단심회와는 공동의
적을 둔 셈으로 능히 동지가 될 수 있는 사이라고 할 것인
데… 반가울망정 어찌 무례를 탓할 수 있겠소? 다만 미리 양
해를 구한 바처럼 우리 방주님의 내상으로 인한 근심이 깊은
터라 반가운 손님일지라도 환대하기가 어려운 형편이라 그
점이 크게 안타까울 따름이오.”

능사운이 가볍게 소리 내어 웃으며 받았다.

“하하하! 뵙고 보니 장 당주께서는 참으로 명쾌하신 분이
로군요.”

“하하하! 과찬이시오.”

장삼이 또한 웃으며 받았고, 그렇게 두 사람이 잠시 마주 보고 웃는 중에 능사운이 문득 화제를 돌렸다.

“그런데 마차 안에 한 분이 더 계신 듯한데… 일로방의 또 다른 분이시라면 소생이 이번 기회에 함께 인사를 드려두고 싶습니다만…….”

장삼이 짐짓 곤란하다는 표시를 해 보일 때였다.

“내 누이동생이오.”

필괴였다.

“아!”

능사운이 조금은 겸연쩍은 기색이 되었다가는 다시 정색을 하였다.

“무종계가 귀 일로방과 우리 단심회의 공동의 적이라는 데 대해 기왕에 인식을 같이하였으니 단도직입적으로 한 가지만 묻겠소이다. 일로방이 무종계를 적으로 삼고 있는 이유가 무엇이오?”

필괴가 문득 시선을 들어 능사운을 응시하였다. 그런 데 대해 장삼은 설핏 긴장하고 말았다. 필괴에게서 뜻밖의 강경한 느낌이 읽혀졌기 때문이다.

능사운 또한 언뜻 곤혹스러워하는 기색이다. 그러나 그는 담담하게 필괴의 시선을 받았다. 그의 눈빛이 빠르게 가라앉고 있었다.

필괴와 능사운 두 사람 사이에 뜻밖의 긴장이 형성되고 있는데, 장삼이 이윽고 개입하려고 할 때였다.

"용종지회에 대해 아시오?"

필괴가 문득 물었다.

그리고 능사운이 설핏 미간을 좁히고 있다.

"방주가 내게 용종지회에 대해 물은 것에는… 내가 그것에 대해 알고 있으리라는 전제가 미리 깔린 것 같은데, 과연 그렇소?"

반문하는 능사운의 표정은 담담하게 돌아와 있었다.

"그렇소."

필괴가 짤막하게 대답했다.

"어떻게 그런 전제를 하게 되었는지 물어도 되겠소?"

능사운이 다시 물었다.

"짐작이오. 당신이 지금 나를 찾아온 데서… 왠지 당신이 알고 있을 것 같다는 짐작."

"흠! 내가 용종지회에 대해 알고 있다고 합시다. 그렇다고 치더라도… 과연 내가 기꺼이 대답해 줄 것이라고 믿는 것이오?"

"그렇소."

필괴의 대답이 너무도 간단한 데 대해 능사운은 차라리 희미하게 미소를 떠올렸다.

"그것은 또 무슨 이유에서요?"

"역시 짐작일 뿐이오. 그냥 그럴 거라는……. 당신이라면 내게 대답을 해줄 것 같은……."

능사운은 잠시간 침묵했다. 그러고는 사뭇 무거운 목소리로 말했다.

"좋소. 일단은… 내게 묻고 싶은 것이 무엇인지 말해보시오."

필괴는 가볍게 숨을 들이켰다. 그리고 나서 천천히 말을 뱉었다.

"용종지회의 다섯 용건 중에서 네 용건의 주인, 즉 흑룡건, 청룡건, 적룡건, 그리고 황룡건의 주인들에 대해서는 이미 알고 있소. 내가 지금 알고자 하는 것은 나머지 하나, 백룡건의 정체요. 그들이 대형이라고 부르는 바로 그자 말이오."

능사운은 가만히 필괴를 응시했다.

그런 데 대해 필괴 또한 깊숙한 눈빛으로 마주 바라보았다.

그러던 중에 능사운이 문득 시선을 들어 필괴의 어깨너머를 보았기에, 장삼이 반사적이다시피 그 시선을 쫓아 뒤를 돌아보았다. 그러나 아무것도 없었다. 장삼이 다시 능사운을 보았을 때, 그의 시선은 필괴를 응시하고 있었다.

'이런…….'

장삼은 내심 쓴웃음을 흘리고 말았다. 마치 능사운의 실없는 장난에 놀림을 당한 느낌이랄까?

지금 능사운이 입가에 떠올려 놓고 있는 한 가닥의 희미한 미소는 장삼에게 더욱 그런 느낌을 주는 데가 있었다.

그때 능사운이 문득 필괴를 향해 포권을 취했다.

"좀 더 깊이 교분을 나누고픈 욕심이지만, 아무래도 오늘은 서로 인사를 나눈 것으로 만족해야 할 것 같소. 방주의 빠른 쾌차를 빌겠소."

그런데 필괴가 또한 마주 포권하며 답례를 하는지라 장삼은 순간 당황하지 않을 수 없었다. 기껏 중요한 질문을 해놓고는 상대가 일언반구의 대답도 하지 않고 그냥 가겠다는데 순순히 보내주겠다는 듯한 필괴에 대해.

그러나 그때 능사운이 그를 향해서도 가볍게 고개를 숙여 보이는지라 장삼 또한 어쩔 수 없이 마주 고개를 숙여 답례할 수밖에 없었다.

그런데 능사운이 막 몸을 돌리려 하다가는 문득 생각났다는 듯이 장삼을 향해 불쑥 던졌다.

"강호의 우스갯소리로 가장 조심해야 할 세 부류가 있다고 하는데, 바로 여인과 늙은이와 어린아이라고 하지요."

때 아닌 농담이었지만, 그 속에 담긴 의미를 짐작하지 못할 바는 아니어서 장삼이 담담히 웃으며 받았다.

"염려해 주시는 말씀, 새겨두겠소."

"별말씀을. 그럼 이만."

능사운이 이윽고 몸을 돌렸고, 따르는 무리와 함께 이내 사라져 갔다.

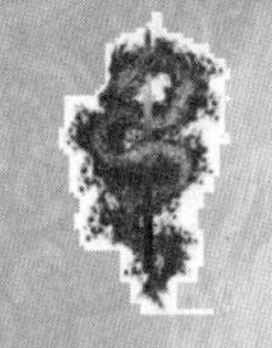

第三十一章
화괴(火怪)

1

여인은 고개를 숙이고 있었는데 언뜻 보기에 울고 있던 듯하였다. 그러나 마차 문이 열렸을 때 그녀는 문득 고개를 돌리고 얼굴과 머리를 매만지고는 갑자기 다른 사람이라도 된 듯이 화색을 떠올렸다.

"당신들이 요즘 한창 강호를 경동시키고 있는 일로방인 줄도 모르고 함부로 위협까지 했으니 저는 그야말로 공자 앞에서 문자를 쓴 격이로군요."

그러더니 여인이 가볍게 필괴 쪽을 한번 돌아보고는, 다시 장삼을 향하며 말했다.

"그렇지만 기왕에 신세를 진 것이니 가시는 길까지만 좀 태워주실 수 있나요?"

장삼이 잠시 생각하는 체하다가 짐짓 걸쭉하게 받았다.

"미인의 부탁을 어찌 거절하겠소?"

여인의 눈빛이 언뜻 날카롭게 변했기에 장삼이 얼른 화제를 돌렸다.

"한데 소저는 무슨 사정으로 험한 강호를 다니시오?"

"한 자루의 검을 찾으러 가는 중이에요."

여인의 대답이 간결하면서도 사뭇 차가웠기에 장삼은 더 이상 묻지 못하였다.

2

"멈춰요!"

여인이 문득 외쳤다.

그에 사괴가 즉시 마차를 멈췄다.

여인이 곧바로 마차에서 내렸고, 장삼이 따라서 내렸다. 그러나 필괴와 사괴는 그대로 마차에 머물렀다.

관도에서 벗어나 북쪽으로 십오 장여 장쯤 떨어진 벌판에 한 무리의 사람이 있었는데, 자세히 살펴보니 이십여 명의 복면인이 황의장한 하나를 둘러싼 채 공격을 가하고 있는 중이었다.

우선 눈에 들어오는 것은 강렬한 붉은 광채로 휩싸인 기다란 물체였다.

　그것은 황의장한이 휘두르고 있는 한 자루의 검이었는데, 마치 활활 타오르는 불기둥 같았다.

　그런데 그렇게 보이기만 하는 것이 아니라 그 검에서는 실제로도 뜨거운 열기가 뿜어져 나오는지 황의장한이 검을 휘두를 때마다 복면인들은 황급히 뒤로 피했다가 다시금 우르르 몰려들며 공격을 가하고 있다.

　더욱이 놀라운 것은 복면인들의 병기가 그 붉은 광채의 검과 부딪치기라도 할라 치면 그대로 두 동강이 나고 만다. 뿐만 아니라 때로는 병기와 사람이 아예 한꺼번에 동강이 나기도 했다.

　그야말로 쇠를 무 베듯 하는 신검(神劍)이었다. 아니, 그것은 차라리 마검(魔劍)이었다.

　황의장한은 이미 상당히 지친 듯이 움직임이 둔하였고, 보고 있는 동안에도 빠르게 지쳐 가고 있는 모습이다.

　그때 복면인 중 다섯 명이 문득 하나의 대형을 이루며 일시에 황의장한을 덮쳐들었다.

　차차창!

　황의장한이 힘겹게 대응하며 마검을 휘두르자 복면인들의 다섯 자루의 검이 일제히 두 동강이 났다.

　"이제 보니 너희는 오룡방(五龍幇)의 졸개들이로구나! 그러나 나는 너희와 작은 원한조차 맺은 일이 없건만, 너희는 어찌하여 나를 죽이려 드는 것이냐?”

다섯 복면인들이 급급히 뒤로 물러나는 중에 황의장한이 거친 호흡을 뱉으며 외쳤다.

그러나 대답은 없었다. 대신 다른 다섯 명의 복면인이 대형을 형성하며 다시 장한을 덮쳐 왔다.

차차창!

황의장한이 이윽고는 무릎을 꿇고 말았다. 이번에도 서너 자루의 검을 두 동강 냈으나 미처 다 막아내지는 못한 결과였다.

황의장한의 손을 벗어난 마검이 바닥에 떨어졌다. 그런데 그 순간 검을 휩싸고 있던 붉은 광채가 일시에 사라지면서 아주 엷게 붉은 빛이 감도는 검신이 확연히 모습을 드러냈다.

그때 복면인 중의 하나가 재빨리 마검을 낚아챘고, 그러자 마검은 다시금 붉은 광채에 휩싸였다.

그 복면인은 갑자기 마검을 흔들기 시작했다. 아니, 그자가 몹시 당황하는 모습인 것으로 보아 마검 자체가 마구 요동을 치는 듯했다.

복면인은 도저히 안 되겠는지 이내 마검을 던져 버렸고, 그런 광경에 다른 복면인 중 누구도 선뜻 마검을 취하려고 나서는 자가 없었다.

그때였다. 여인이 성큼 걸음을 내디뎠다.

장삼이 다른 곳에 시선을 빼앗기고 있다가 흠칫 놀라며 얼른 여인을 따라붙었다.

빠르게 나아가던 여인이 문득 멈춰 섰다. 그녀의 오 장여쯤
앞에 마검이 바닥에 나뒹굴고 있었다. 여인이 가볍게 손짓했
고, 그러자 놀랍게도 마검이 허공으로 둥실 떠올라서는 빠르
게 여인을 향해 날아오는 것이었다.

"격공섭물?"

장삼이 놀라 저도 모르게 중얼거렸다.

여인이 익숙하게 검을 받아서 허리에 감고 있던 가죽으로
만든 검집에다 검을 갈무리하고는 짧게 외쳤다.

"돌아가요!"

그리고 여인은 곧장 몸을 돌려 달리기 시작했다. 마차가 있
는 쪽이었다.

장삼은 또한 달릴 수밖에 없었다. 복면인들이 즉시 추격해
오기 시작했으므로.

그때쯤 마차도 달리기 시작했다. 문을 활짝 열어놓은 채.

마차를 따라잡은 여인이 몸을 날려 마차 안으로 뛰어들었
고, 장삼이 곧바로 뒤따랐다.

"이랴~!"

사괴가 채찍을 후려갈겼고, 마차는 더욱 속도를 붙여 전속
력으로 달리기 시작했다.

두두두두!

3

잠시 사라졌던 사괴가 다시 마차로 돌아왔다.

장삼은 비로소 마차의 속도를 줄였다. 그리고 말들을 추슬러 천천히 걷도록 하고는 마차 안으로 들어왔다.

장삼이 여인을 바라보자 여인은 슬쩍 눈길을 피해 버렸다.

"화정검의 주인이 되면 화괴까지 얻는다고 하던데 사실이오?"

장삼이 빙그레 웃으며 던진 말이지만 농담기는 없었다. 그것은 여인의 정체를 확인하는 말이었고, 나아가 처음으로 드러내 보이는 경계였다.

사실 장삼은 그 검, 마검의 정체와 아울러 여인의 정체에 대해 이미 알고 있었다.

그랬다. 그 마검이야말로 강호 오대불세지연(五大不世之緣) 중 불세지병(不世之兵)으로 불리는 바로 화정검(火精劍)이었다. 그리고 여인은 화괴(火怪)였다. 염괴(艶怪)와 더불어 신주이대요녀(神州二大妖女)로 불리는 신비의 여인.

"당신도 화정검과 함께 나를 얻고자 하나요?"

여인은 차분하기만 했다. 그녀가 아주 태연하게 스스로를 화괴라 인정하는 바람에 오히려 장삼이 일시 당황스러운 모습이 되고 말았다.

여인 화괴가 담담하게 말을 이었다.

"신세를 졌으니 그 보답으로 몇 마디만 해드리죠. 화정검은 마검이에요. 검의 진정한 주인만이 그 공능을 얻을 수 있을 뿐, 주인이 되지 못하는 사람이 검을 탐한다면 돌아가는 건 검의 저주뿐이죠."

"그렇다면 혹시 소저가 바로 검의 주인이오?"

장삼의 물음에 화괴는 간단히 고개를 가로저었다.

"저는 다만 검과 교감하고 있을 뿐으로, 검이 진정한 주인을 만날 때까지만 임시로 검을 지키고 있는 것이죠."

"그럼… 검의 진정한 주인은 누구요?"

"그건 저도 알지 못해요. 저는 다만 천하를 떠돌며 화정검의 진정한 주인을 찾아야 하는 숙명을 부여받았을 뿐이니까요."

"호! 그렇다면 검의 주인은 어떻게 정해지는 것이오?"

"검이 스스로 선택하죠. 만약 선택받지 않은 자가 억지로 검을 가지려 한다면 검이 거부를 하고, 결국 그자는 크게 몸과 마음을 다치게 되죠."

"다치는 정도가 아니라 죽는다고 하는 것이 정확하지 않겠소? 그동안 강호에서 화정검을 쫓다가 실종된 상당수의 사람들이 다 그렇게 불귀의 객이 된 것이고 말이오?"

"지금까지 여러 사람이 검을 차지하려 했으나 결국 검의 선택을 받지 못했다는 것은 사실이에요. 그러나 그것은 어디까지나 그들이 과분한 욕심을 부린 결과이니 그들이 그 이후로 어떻게 되었든 제가 상관할 바는 아니죠."

화괴의 그 말에 대해서는 장삼이,

"흥!"

하고 나직이 코웃음을 친 다음 다소 차갑게 말을 뱉었다.

"그럼 나도 한번 시험해 봐도 되겠소? 과연 화정검이 나를 주인으로 선택할지, 아니면 나의 과분한 욕심에 불과한 것이 될지."

화괴가 잠시간 묵묵히 장삼을 바라보다가 무겁게 고개를 끄덕였다.

"굳이 원하신다면……."

그리고 화괴는 천천히 화정검을 내밀었다.

장삼은 선뜻 검을 건네받았다. 그러자 순간,

웅~!

하는 떨림과 함께 화정검의 검신이 붉은 광채에 휩싸였다. 뿐만 아니라 검이 돌연 거칠게 꿈틀거리기 시작했다.

"검이 당신을 거부하는군요. 어서 검을 놓으세요."

화괴가 말했다.

그러나 장삼은 오히려 검의 손잡이를 더욱 세게 움켜잡았다. 내력을 끌어올려 검의 요동을 제압하려는 것이다.

"억지로 버티려 하다간 큰 화를 입게 돼요. 화정검은 불의 정화로 이루어진 검이니 힘으로는 통제할 수 없어요. 즉시 검을 놓으세요!"

화괴가 이윽고는 다급해했다.

그러나 장삼은 여전히 검을 놓지 않았다. 그의 얼굴이 벌겋게 달아오르고 있었다. 내력을 최대한으로 끌어올리고 있는 것이리라.

검이 돌연히 엄청난 열기를 뿜어내기 시작했다.

그 때문에 장삼의 소맷자락이 곧장 누렇게 타들어갔다.

그때였다. 무심한 얼굴을 하고 있던 사괴가 자리를 박차고 일어섰다.

그런데 다시 그때 누군가 검을 와락 움켜잡았다. 뜨겁게 타오르고 있는 검신을.

필괴였다.

치지직!

대번에 매캐한 냄새가 확 일어났다.

장삼은 검의 손잡이를 잡은 채로 필괴를 밀어내려 했다. 그런데 그 순간 화정검이 뿜어내던 열기의 강도가 확연히 줄어드는 것이었다.

순간 장삼이 묘한 표정이 되고 말았으나, 이내 순순히 검의 손잡이를 놓았다. 화정검을 필괴에게 넘겨준 것이다.

필괴는 여전히 화정검의 검신을 잡은 채였다. 그런 채로 그는 별다른 표정의 변화 없이 그저 묵묵하기만 했다.

사실 필괴는 처음에 맨손바닥이 타들어가는 화끈한 고통을 느꼈다. 이어 손바닥을 통해 엄청난 열기가 몰려들었는데,

그 극렬한 기세는 그의 몸을 한순간에 다 태워 버릴 듯이 극렬했다. 그렇지만 그는 이내 견딜 만하게 되었다. 바로 외력의 침범에 곧바로 반발해 일어난 혈룡지기 덕분이었다.

필괴의 혈룡지기와 충돌한 화정검은 거세게 요동을 쳤다.

그러나 필괴의 악력은 능히 그 희대의 마검을 꼼짝 못하도록 움켜잡았다.

화정검은 더욱 엄청난 열기를 뿜어냈다. 주변 사방의 모든 것들을 다 태워 버릴 듯이.

화르륵!

이윽고 마차 내부에 불이 붙었다. 그리고 불은 삽시간에 번져 갔다.

장삼과 사괴, 그리고 화괴가 곧장 마차 밖으로 뛰쳐나갔다.

마지막으로 필괴가 마차를 벗어났을 때, 마차는 거센 불길에 뒤덮인 채로 활활 타오르고 있었다.

4

"기이하군요."

화괴는 그 말로 자신의 놀라움을 표시했다. 그리고 그 놀라움이 필괴에 대한 것이었음에도 장삼이 궁금증을 참지 못하고 슬쩍 끼어들고 말았다.

"무엇이 기이하다는 것이오?"

그러나 화괴는 여전히 필괴에게 말하는 투로 받았다.

"저는 알 수 있어요. 화정검은 결코 방주님을 주인으로 받아들이지 않았어요. 그런데… 어떻게 그럴 수가 있죠? 어떻게 화정검을 굴복시킨 것이죠?"

장삼 또한 필괴를 바라보았다. 그의 흥미는 한층 더해 보였다.

필괴는 여전히 화정검의 검신을 움켜잡고 있었는데, 화정검은 이제 붉은 광채에 휩싸이지도, 또 엄청난 열기를 뿜어내지도 않고 있었다. 그럼으로써 검은 몹시도 얌전해져 있는 느낌이다.

"나도 모르겠소."

필괴가 그렇게만 툭 뱉더니 다시 굳게 입을 다물어 버렸다.

장삼은 저도 모르게 피식 웃음을 흘리고 말았다. 참으로 필괴다운 대답이다. 그리고 그가 모르겠다면 정말로 모르는 것이다.

"검이 우리 방주를 주인으로 받아들였든 아니면 잠시 굴복을 하고 있는 것이든 간에 어쨌든 우리 방주가 지금 능히 검을 제어하고 있다는 것은 엄연한 사실이 아니겠소? 그리고 그런 이상에 화정검은 이제부터 우리 방주의 소유가 된 것이 아니오? 그렇지 않소?"

장삼의 그 말에 대해 화괴는 의외이다 싶게도 쉬이 인정하는 모습이다.

“어떻게 된 사정인지 짐작하기 어려운 일이지만, 어쨌든 방주께서 화정검을 굴복시킨 것만큼은 분명하니… 좋아요. 일단은 검을 넘겨드리도록 하죠. 다만…….”

그리고 화괴가 담담히 필괴에게 시선을 주는데, 장삼은 언뜻 묘한 느낌이 들었다.

“한 가지 부탁, 아니, 요구가 있어요.”

“호, 요구라?”

장삼이 묘하다는 느낌을 굳이 감추지 않으며 반문했다.

“화정검은 살아 있는 검이에요. 곧, 지금 방주께 일시 굴복을 하였더라도 진정으로 주인으로 받아들인 것은 아니니 앞으로도 어떤 틈이 생길 때마다 지속적으로 거부하고 반발을 할 것이란 말이죠.”

“그것이 무슨 문제이겠소? 이미 한 번 굴복을 시켰으니 앞으로도 그때마다 다시 굴복시키면 될 터.”

“물론 방주님의 능력이라면 능히 그러실 수 있을 것이라 생각해요. 그러나 문제는… 화정검 자체가 견디지 못할 것이란 거죠. 강제적인 제어가 지속되면 결국에는 스스로를 파괴하고 말 테니까요.”

“음!”

장삼이 이윽고는 나직한 침음성을 흘릴 때였다.

묵묵히 듣고만 있던 필괴가 불쑥 물었다.

“요구하겠다는 것이 무엇이오?”

무겁고 냉랭하게까지 들리는 데가 있는 목소리였기에 화괴가 가만히 숨을 한번 고르고 난 다음 대답했다.

"이미 말하였지만, 화정검이 진정한 주인을 만나기까지 검을 지키는 일은 저의 숙명이고, 저는 끝까지 저의 숙명에 순응해야만 해요. 그리고… 저는 검과의 교감을 통해 검의 반발과 나아가 검의 자괴(自壞)를 막을 수 있어요."

필괴는 말이 없었다. 그가 한동안 묵묵히 있자 장삼이 다시금 슬쩍 끼어들었다.

"결국 소저가 우리와 동행하겠다는 뜻이오?"

화괴가 고개를 끄덕였는데, 사뭇 결연한 기색이다.

장삼이 힐끗 필괴의 눈치를 살피고 나서는 가볍게 웃으며 말했다.

"하하하! 뭐… 소저 같은 미인과의 동행이라면 솔직히 싫을 까닭이… 있겠소?"

5

그들 간의 관계 설정은 다소간 애매하게 되어버렸다.

필괴가 막상은 화정검을 받지 않겠다고 하였는데, 그럼에도 화괴가 일행과 동행하겠다는 뜻을 거두지 않았기 때문이다.

결국 장삼이 정리에 나섰다. 화정검은 어쨌든 필괴의 것이며, 다만 당분간 화괴가 일종의 검동(劍童) 노릇을 하는 것으로.

비록 아주 명쾌한 정리라고 할 수는 없지만, 어쨌든 당사자인 필괴와 화괴가 이의를 제기하지 않았기에 그들이 일행이 되는 것에는 더 이상 애매한 점이 없게 되었다.

마차가 전소(全燒)되어 버렸으니 굳이 관도를 따라갈 필요가 없었다.

그리하여 그들은 도무지 가까워지지 않는 지평선을 바라보며 끝없는 황야를 가로질러 나아갔다.

서로 간의 분위기는 내내 서먹했다.

사괴는 무심했다. 그러나 그의 무심에 대해서는 장삼이 또 인정할 만했다.

그러나 필괴가 내내 무겁고 냉랭한 모습인 데 대해서는 쉽게 이해가 되지 않았다. 그는 마치 화괴에 대해 지극히 좋지 않은 감정을 가지고 있는 듯이 보였다.

어쨌든 그런 터에야 장삼이 실없이 혼자서만 절세미녀와의 동행을 즐길 수는 없었다. 천하에 단 셋뿐인 일로방도(一路幇徒) 간의 의리를 지키기 위해서라도.

6

갑작스러웠다, 뭔가 이상한 조짐 포착된 것은.

거대하고도 위험하기 짝이 없는 어떤 보이지 않는 틀 같은 것이 돌연히 사방에서 그들을 가둬오고 있는 것만 같았다.

적들이 정체를 드러내지도 않은 상태였지만, 장삼은 곧바로 위기감을 느꼈다.

사괴와 필괴 또한 첨예한 긴장을 떠올리고 있는 중이었다.

"무종계다!"

장삼이 나직이 경고했다.

"우리만으로 상대하기는 불가능하다."

장삼의 즉각적인 판단에 대해서 사괴와 필괴는 곧바로 수긍했다. 다만 화괴만이 이러한 갑작스러움과 또한 촉박한 위협에 대해 몹시 당황스러워하는 모습이었다.

"정북향(正北向)으로 삼십 리 떨어진 곳에 우군(友軍)이 있다. 나와 사괴는 각기 동쪽과 서쪽으로 우회하며 적을 유인한다. 필괴와 화괴… 소저는 곧장 북쪽으로 가도록."

빠르게 이어진 장삼의 말에 대해서는 필괴가 언뜻 의문을 떠올렸다. 그러나 그는 곧바로 고개를 끄덕였다.

사괴는 이미 차갑고 무심한 특유의 기색으로 돌아가 있었다.

화괴는 세 사람이 만들어내는 비장한 분위기에 지레 압도당한 기색이다.

장삼이 먼저 신형을 날려 쏜살같이 날아갔다. 서쪽이었다.

사괴는 이미 사라지고 없었다. 동쪽으로 갔으리라.

필괴는 힐끗 화괴를 한번 보고는 그대로 북쪽을 향해 달리

기 시작했다. 화괴가 흠칫 놀랐다가는 곧바로 필괴의 뒤를 따
랐다.

　필괴의 신법은 장삼의 쾌속함이나 사괴의 홀연함과는 비
교할 바가 되지 못하였기에 화괴는 어렵지 않게 그의 뒤를 쫓
아갈 수 있었다.

7

　얼마 가지 않아 황야가 산으로 이어졌다. 필괴는 주저없이
그쪽으로 방향을 잡았다.

　적들의 추격은 아직까지 감지되지 않고 있었다. 아마도 장
삼과 사괴가 유인해 간 덕분이리라.

　지형이 본격적인 산세로 접어들고 있었다.

　제법 험준한 계곡을 하나 만나 그 깊은 안쪽으로 진입하고
나서야 필괴는 비로소 약간의 여유를 가질 수 있었다.

　마침 계곡으로 우거져 내린 숲의 말단에 제법 잘 숨겨진 바
위틈 하나가 보였기에 그는 걸음을 멈추었다. 딱히 말은 없었
지만, 험한 산길을 내달려오느라 숨소리가 확연하게 거칠어
진 화괴를 위한 작은 배려였다.

　서너 번 깊게 숨을 몰아쉬고 나서 화괴가 문득 물었다.

　"진짜 이름이 무엇이죠? 설마 필괴가 본명은 아닐 것 같은
데……"

필괴는 대답하지 않았다. 길게 뻗은 계곡 아래쪽으로 시선을 던져두고 있을 뿐이다.

"고향은 어디인가요?"

화괴가 다시 물었을 때, 필괴는 벌떡 일어섰다.

"갑시다!"

사뭇 거칠게 재촉하는 그 기세에 화괴는 놀란 듯이 어깨를 움찔하였다. 그러나 그녀는 일어나지 않았다.

"잠깐만요."

화괴의 차분한 목소리에 필괴가 고개를 돌려 그녀를 보았다. 노려보는 듯한 눈길이었지만 그녀는 더욱 차분하게 말을 이었다.

"다른 두 사람의 유인책이 저들의 이목을 잠시간은 혼란시킬 수 있다고 하더라도 이제쯤에는 우리의 종적 또한 추격당하고 있을 공산이 크다고 생각해요. 그렇다면 우리는 이곳에서 한동안 은신하면서 저들의 동태를 살펴본 다음 다시 움직이는 것이 오히려 낫지 않을까요?"

8

졸졸졸~!

겨우 손바닥도 다 잠기게 하지 못할 깊이였으나, 깊은 산중의 침묵과 적막 속에서 계곡물 흐르는 소리는 유난히도 또렷했다.

그리고 그 물소리만큼이나 나지막하고 또렷이 맑은 목소리가 문득 얘기를 시작했다.

"옛날… 황촌이라는 벽지 화산 마을에 어떤 소녀가 살고 있었죠."

얘기는 물소리와 화음을 이루며 나직나직하게 흘러갔다. 끝이 나지 않을 듯이.

필괴는 묵묵히 듣고만 있었다.

"소녀는 너무도 두렵고 외로웠어요. 그러나 혼자서는 아무것도 할 수 없었고, 아무도 도와주는 사람이 없었기에 그녀를 데리고 간 사람의 말에 복종하지 않을 수 없었어요. 그 사람은 소녀에게 무공을 가르쳤고, 한 자루의 마검을 완성시키라는 숙명을 지어주었죠."

필괴의 표정이 문득 딱딱하게 굳어졌다.

"본래 천지간에서 가장 강력한 종류의 극양지기를 띠고 있던 그 마검을 완성시키기 위해서는 순음지기를 지닌 여인이 필요했던 것이죠. 소녀가 바로 그런 체질이었고, 그들에게 선택되었던 것이죠. 곧 마검이 완성되기까지는 다양한 종류의 진기로 정련하는 과정이 필요했고, 그동안 소녀는 검이 지닌 극양의 기운을 달래는 숙주와 같은 역할을 하게 된 것이지요. 그런데 내막을 다 알고 난 뒤에도 소녀는 그 숙명을 벗어 던질 수가 없었어요. 마검을 매개로 하여 장차 마검의 주인이 될 사람과 영적인 관계로 한데 묶여 버렸기 때문이에요. 그러한 영적인 관계는 마검이 완성될 때까지 결코 벗어날 수 없는 것이며, 만약 그전에 마검이 파괴된다면 소녀는 죽음을 맞을 수밖에 없게 되죠.”

화괴의 긴 얘기가 이윽고 끝났다.

그러나 그때에도 필괴는 여전히 멀리 계곡이 시작되는 곳쯤에 시선을 던져두고 있었다. 처음과 마찬가지로.

화괴의 얼굴에 문득 한 가닥의 처연한 미소가 번졌다.

9

웅~!

화정검이 갑자기 울었다.

화괴가 놀라 품으로 검을 감싸 안았으나 검의 소리는 더욱 커졌고, 이윽고는 격렬하게 떨리기 시작했다.

“그가 부르고 있어요!”

화괴가 부르짖듯이 말했다. 이미 창백하게 변한 그녀의 얼굴은 두려움과 절망의 빛에 잠식당해 있었다.

“그에게로 가야만 해요!”

화괴는 절박해 보였다.

그러나 필괴는 차분하게 고개를 저었다.

“지금 우리가 이곳에 있어야 하는 이유에 대해 방금 전 소저가 직접 말하지 않았소?"

"하지만… 그의 소환명령을 어기면 그는 검과 함께 나를 파괴시키고 말 거예요!"

필괴가 더욱 냉랭해졌다.

"도대체 누가 당신에게 명령을 한다는 것이며, 더욱이 어떻게 해를 끼친다는 것이오?"

"조금 전에 얘기했던 그 소녀가 바로 나예요! 나의 영혼은 화정검을 통해 그에게 구속되어 있는 것이고요! 그러므로 나는 그의 명령을 결코 거부할 수가 없어요!"

화괴는 이윽고 호소를 하고 있었다.

"부탁이에요! 이 끔찍한 속박에서 벗어날 수 있도록 나를 도와줘요! 오직 당신만이 나를 도와줄 수 있어요! 나를 좀 구해줘요! 제발!"

"나만이 도와줄 수 있다고?"

필괴가 독백처럼 반문했다.

"그래요! 지금껏 수많은 사람들이 화정검을 거쳐 갔지만 화정검의 지배를 받지 않고 오히려 화정검을 강제로 굴복시킨 사람은 당신뿐이었어요! 그럼으로써 오직 당신만이 나를 구해줄 수 있는 것이죠!"

"어떻게… 말이오?"

"화정검으로… 화정검과 나를 구속하고 있는 그자를 죽임으로써!"

"그자가 대체 누구요?"

"그자는… 능요운이에요!"

"능요운?"

순간 필괴는 무언가 소름이 돋는 듯한 느낌을 받았다. 처음 듣는 이름임에도 지독히도 꺼림칙하고 안 좋은 예감 같은 것이 확 밀어닥치는 것이다.

"그는 만검문의 대공자이며 또한 무종계의 용종(龍宗)이에요! 곧 무종계를 이을 후계자이지요!"

이윽고 필괴는 온몸을 부르르 떨고 말았다. 정수리로부터 발끝까지 벼락같은 것이 관통하고 지나가는 듯한 강렬한 전율이었다.

"용종… 이라고? 그는 혹시 용종지회와 관련이 있소?"

"그래요! 그가 바로 용종지회의 대형이에요!"

그 순간 필괴는 차라리 냉정해졌다.

마침내 '용종지회 대형'의 정체를 알게 된 순간의 전율은, 아버지의 목을 벤 마지막 원수의 정체를 듣는 순간의 느낌은 그렇듯이 차라리 차분하고도 차가웠다.

필괴는 가만히 숨을 들이쉬었다.

깊게,

더 깊게!

10

"그러니까 지금 나더러… 당신과 함께 가서 그자 능요운을
죽여 달라는 것이오?"

필괴는 담담함을 되찾았다.

"제발……!"

화괴의 눈빛에서 간절함이 더욱 짙게 묻어났다.

필괴는 그녀의 두 눈을 가만히 응시하였다. 그리고 천천히
물었다.

"내가 왜 그래야 하오? 죽을 자리인 줄 뻔히 알면서 왜 당
신의 부탁을 들어주어야 한단 말이오?"

이어 필괴는 가만히 고개를 저었다.

"나와는 아무 상관도 없는 일이오! 그러니 내가 목숨을 걸
어야 할 이유는 조금도 없소!"

그러자 화괴의 두 눈에 문득 습기가 차올랐다.

"그렇지만… 그렇지만 당신은 결코 나의 부탁을 거절하지
못할 거예요!"

필괴는 묵묵히 화괴를 응시하고만 있었다.

화괴의 두 눈에 가득 고였던 눈물이 이윽고 주르륵 흘러내
렸다.

"왜냐 하면… 당신은 바로… 심전 오라버니이니까!"

순간 필괴는 숨이 콱 막히고 마는 듯했다.

"내가 부탁하는 건 단 한 번도 거절하지 않은… 아니, 차마

거절하지 못한 심전 오라버니이니까!"

필괴는 겨우 숨을 돌릴 수 있었다. 힘겹게.

11

"어떻게 알았소?"

필괴의 무거운 물음에 화괴는 한 가닥의 처연한 미소를 떠올렸다.

"처음엔 몰랐어요. 그렇지만 어느 순간 저절로 느껴졌어요. 그냥 저절로."

그리고 화괴는 다시 간절함을 호소했다.

"무모하다는 건 알아요. 하지만 지금 당장 그자에게 가지 않으면 전 죽어요. 그리고 그자는 오라버니의 원수이기도 하잖아요? 도와주세요, 오라버니! 제발!"

필괴는 이윽고 결심했다.

복수만을 위해서였다면 당연히 지금이 아닌 나중을 기약했을 것이다.

그러나 지금 당장 그가 택할 수 있는 최선은 그녀를 위해 그의 마지막 성의를 보여 주는 일이리라.

그 옛날 지옥 같은 그 일이 벌어지기 이전, 그의 가장 행복했던 시절과 오롯이 이어져 있는 그녀를 위해.

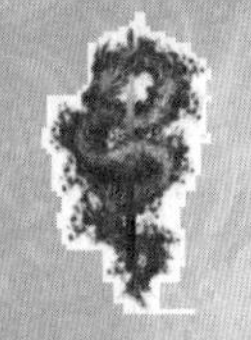

第三十二章
만검문(萬劍門)

1

높이 솟은 대문의 안쪽으로 검기가 충천하고 있었다.

족히 수백에 달하는 검수들이 도열해 있었는데, 그들은 하나의 거대한 검진을 이루고 있었다.

그는 묵묵히 곁을 돌아보았다.

화괴가, 아니, 초혜가 눈물이 그렁그렁한 눈으로 그를 바라보고 있었다.

그녀는 미안해하고 있었다. 그녀로서는 어쩔 수 없었다고 호소하고 있었다.

그는 가만히 미소 지어 주었다.

괜찮다고.

네가 이럴 수밖에 없었으리라는 것을 믿는다고.

그럼으로써 네가 잘못한 것이 아니라고.

내가 기꺼이 선택한 바라고.

초혜의 눈에 맺혔던 눈물방울이 이윽고 주르륵 뺨을 타고 흘러내렸다.

그는 천천히 대문 안으로 걸어 들어갔다.

그곳은 강호제일문 만검문의 대지였다.

그는 모르지 않았다. 아마도 이것이 끝이 되리라는 사실을.

문득 장삼과 사괴가 생각났다.

그들의 도움이 절실해서는 아니었다.

그들과 함께했더라도 이 거대한 마지막 벽은 결코 깨뜨릴 수 없으리라.

그런 점에서는 차라리 다행이었다. 그가 지금 혼자서 이 문을 들어서고 있다는 것이.

원한은 남겠지만 미련은 남기지 않으리라.

비록 복수를 완성하지는 못했지만, 그로서는 최선을 다하는 것이리라.

지금까지 해온 최선만으로도 그리 부끄럽지는 않으리라. 아버지에게.

그는 필괴였다.

또한 그는 이심전이었다.

2

대문 안으로 들어서더니 망설이는 기색조차 없이 곧장 검 진 속으로 성큼성큼 걸어 들어오는 자.

필괴라는 사내를 보며 그는 담담히 미소를 떠올렸다.

필괴라는 자, 참으로 무지하고 무모하지 않은가?

사백 명의 절정검수로 이루어진 천하제일의 검진 만검대 진에 제 스스로 갇히다니 말이다.

사실은 모든 것이 그의 안배에서 나온 것이었다.

그날 화괴가 필괴 일행의 마차 안으로 들어간 것부터, 무종 계의 고수들로 천라지망을 펼쳐 필괴를 그 일행으로부터 고 립시키고, 이어 화괴로 하여금 이곳까지 유인해 오도록 한 것 까지의 과정 모두가 말이다.

그리하여 절대자인 천주마저도 관심과 흥미를 가지도록 만든 '대단한' 자를 이처럼 간단히 우리 안에 갇힌 한 마리 짐승의 처지로 만들었으니, 이제부터는 그 짐승이 과연 얼마 나 사나운지 느긋하게 관찰해 보고 또한 즐기면 될 일이다.

필괴의 이름이 꽤나 유명세를 탈 때까지도 그는 사실 크게 관심을 가지지 않았다.

그런 정도의 인물이야 쉽게 등장했다가 또한 쉽게 잊히는 곳이 강호가 아니던가?

그런 터에 그만한 일에 일일이 관심을 가진다는 것 자체가 그의 자존심을 건드리는 일이었다.

그러나 천주가 필괴에게 사뭇 깊은 흥미를 가졌다는 사실을 알게 된 순간, 그는 우선 가벼운 의문부터 가지지 않을 수 없었다.

필괴가 빠르게 강호의 주목을 받고 있다고는 하나, 천주가 흥미를 가질 정도는, 더욱이 직접 일단의 일을 꾸미면서까지 그 능력을 확인하고 시험해 볼 정도는 아니었다.

그러나 그러한 의문은 금세 그 스스로에게도 묘한 흥미를 불러일으켰다.

그는 어떤 일에 대해서도 쉽게 결정을 내리는 성격이 아니었지만, 대신 일단 결정한 일에 대해서는 누구보다도 명쾌했고 실행이 빨랐다.

그는 능요운이었다.

3

"묻겠다! 네가 풍뢰문의 상자강과 패왕가의 구사철, 그리고 북혈각의 담완거를 차례로 죽인 데 이어 남황부의 진자흔에게 중상을 입혔으며, 그것이 복수를 하기 위함이었다고 하던데, 사실이냐?"

검진 중 어딘가에서 누군가 묻고 있었다.

　순간 필괴는 부르르 전율하고 말았다. 그 목소리 때문이었다.

　"백룡건(白龍巾)인가?"

　되묻는 필괴의 목소리가 어쩔 수 없이 가늘게 떨려 나왔다.

　능요운은 고개를 갸웃했다. 그러나 그는 차갑게 받았다.

　"내 물음에 먼저 대답하라!"

　필괴는 이윽고 목소리의 주인을 찾을 수 있었다. 그러나 직접 눈으로 보는 것이 아닌, 대강의 짐작이었다.

　그 목소리의 주인은 지금 거대한 검진의 일부인 것 같으면서도 한편으로는 검진과는 별개인 것 같이 느껴져서 그 존재감이 사뭇 애매한 데가 있었다.

　필괴는 지그시 눈매를 좁혔다. 그리고 대강의 지점을 향해 애써 담담하게 말했다.

　"오 년 전! 황촌! 유황 동굴!"

　능요운이 다시금 고개를 갸웃했다. 그러다 문득 무엇이 생각난 듯이 가볍게 놀라는 기색이 되었다.

　"오 년 전 황촌의 유황 동굴? 아! 그렇다면… 네가 바로 그때의 그 어린아이였단 말이냐? 그 사냥꾼의 아들?"

　그리고 능요운은 다시 사뭇 흥미롭다는 표정이 되었다.

　"참으로 묘한 인연이로구나. 물론 네 입장에서야 지독한 악연이라고 해야겠지만. 그래, 지금까지의 네 행동이 모두 아비의 복수를 한 것이었으며, 이제 내게도 복수를 하겠다?"

필괴는 대답 대신 나직이, 그러나 차갑게 으르렁거렸다.

"죽인다!"

그러자 능요운이 문득,

"하하하!"

하고 낭랑한 소리로 웃고는, 다시 가볍게 미소를 띤 채로 말했다.

"그런데 참으로 이해하지 못할 일이로구나. 너 같은 무지렁이에게 강호 최고의 후기지수 소리를 듣던 자들이 자그마치 넷이나 잇달아 당했다니 말이다. 흠! 또한 어찌 되었든 간에 참으로 안타깝게 되었구나. 너의 복수행이 오늘로 끝이 나게 되었으니 말이다."

4

필괴가 움직이자 만검대진 또한 잔잔한 파동을 일으키기 시작했다.

능요운은 가볍게 고갯짓을 했다. 그리고 그것으로 검진의 파동은 즉시 멈추었다.

능요운은 담담히 미소를 떠올린 채로 달려오는 필괴를 보고 있다가 느긋하게 검을 뽑아 들었다.

챙!

서로의 검이 부딪치는 순간, 능요운은 당황을 금치 못하였다.

상상 이상의 위력이었다.

화정검의 위력은 아니었다. 화정검은 검주(劍主)인 그를 상대로 해서는 결코 그 이능(異能)을 발휘할 수 없었다.

그럼으로써 방금 그 충격은 오로지 필괴가 지닌 진신 능력의 발로였다.

그러나 당황은 잠깐이었다.

능요운은 그대로 만검대진의 일부로 녹아들었다.

만검대진이 본격적으로 발동하며 그때까지 잠재해 두고 있던 거대하고도 도도한 위용을 뿜어내기 시작했다.

필괴는 함정에 갇힌 맹수처럼 사방을 찌르고 베며 날뛰었다. 그러나 그는 이내 만검대진의 거대한 압박에 눌려 꼼짝없이 갇히는 형국이 되고 있었다.

5

능요운은 검진의 휴(休)의 방위를 점하고 섰다. 만검대진의 바깥쪽에 표연히 나타난 두 사람을 보고서였다.

천주였다. 그리고 천주의 곁에 서 있는 사람은 바로 능사운이었다.

능요운은 가볍게 만검대진에서 벗어나 천주를 맞이할 수도 있었다. 그러나 그는 굳이 그렇게 하지 않았다. 다만 선 자리에서 가볍게 읍하는 것으로써 천주를 맞았다.

천주는 가볍게 고개를 끄덕였다. 그러나 다만 그것뿐, 그는 무심하게 만검대진 안에서 벌어지고 있는 광경으로 눈길을 주었다.

능사운은 가볍게 미간을 좁혔다. 지금 천주를 맞는 능요운의 태도는 사뭇 불경한 것이다. 한편으로는 능요운이 아닌 어느 누구도 감히 천주에 대해 그런 태도를 취할 수는 없다는 점에서 능요운의 위상이 얼마나 대단한지를 역설적으로 웅변한다고 할 것이지만.

그때였다. 능요운이 능사운을 향해 흐릿한 웃음을 보내고 있었다. 무색의 무덤덤한 웃음이었으나 용종으로서의 자신의 위상과 권위를 과시하는 것이었다.

능사운은 잠시 능요운과 맞닥뜨리고 있던 시선을 이내 다른 곳으로 돌려 버렸다. 마침 멀리 담벼락 아래 작은 나무둥치에 기댄 채로 이쪽을 보고 있는 시선 하나가 있었다. 화괴였다.

6

사방은 거대한 검은 벽으로 화해 있었다. 검진을 이루고 있던 검수들은 더 이상 보이지 않았다.

그것이 검진의 조화란 것을 알았지만, 그 오묘한 이치를 풀어볼 재주가 필괴에게는 없었다.

그러나 어느 순간 그는 문득 볼 수가 있었다.

아니, 그것은 느껴지는 것이었다. 저절로.

어느 틈에 나타나 그의 내부에 환히 빛나고 있는 한 자루 마음의 검이 검진이 부려내는 조화의 근원을 비춰주고 있었다. 그가 확연히 알 수 있도록.

그리고 다시 필괴는 또한 볼 수 있었다. 검진 중의 한 방위를 차지하고 서서 그를 바라보고 있는 능요운을.

필괴는 그대로 짓치고 나아갔다. 능요운을 향해.

7

필괴가 일직선으로 검진을 뚫고 나아가는 중에 갑자기 기이한 현상이 벌어졌다.

그로부터 붉은 운무가 뿜어지고 있었다.

피처럼 붉은 운무는 이내 하나의 형체를 만들어갔다.

놀랍게도 그것은 한 마리 혈룡이었다.

아주 완전하지는 않지만 기다란 몸통과 머리, 그리고 네 개의 앞뒤 다리까지, 혈룡은 그 형체가 제법 뚜렷했다.

그리하여 금방이라도 천지를 떨어 울리는 포효를 내지를 것만 같았다.

혈룡이 돌연 기세를 크게 키웠다.

이어 맹렬하게 만검대진을 허물며 거침없이 앞으로 나아
가기 시작했다.

8

능사운은 놀라움을 금치 못했다.

필괴의 무공은 그가 예상한 바를 크게 능가하는 것이었다.

그리고 필괴는 지금 오로지 검진 밖의 능요운을 노리고 있
음이 확연하였다.

그런데 그가 보고 있는 중에 혈룡은 다시금 변태(變態)를
이루고 있었다.

즉 머리에서는 두 개의 뿔이 생겨나고, 네 개의 다리에서는
발톱이, 그리고 몸통에서는 비늘이 생겨나고 있었다.

그럼으로써 혈룡은 점점 완전한 성체(成體)로 완성되어 가
고 있었다.

그때 그의 곁에서 나직한 탄식이 흘러나왔다.

"아아! 저것이 진정한 불세지령(不世之靈)의 신비였던가?"

천주였다.

9

능요운은 문득 위협을 느꼈다.

위협이라는 느낌은 그에게 사뭇 낯설었다.

어릴 때 그가 힘과 굳건한 위치를 갖추기 이전에도 거의 느끼지 못한 것이었으니, 지금의 그에게야 더욱 말할 것이 없었다.

능요운은 천천히 검진에서 벗어났다.

"화진(化陣)!"

그의 명령에 만검대진의 진형이 확연히 달라졌다.

진형 전체가 마치 하나의 살아 있는 유기체라도 되는 듯이 미묘하게 꿈틀거리며 겹겹이 혈룡을 가두어갔다.

좀 전까지의 진형이 진식(陣式) 자체의 조화를 펼쳐 낸 것이었다면, 지금은 진식의 조화에다 절대합분(絶對合分)의 묘가 더해졌다.

즉 진을 이루는 검수들의 내력이 상황에 따라 절묘한 합분의 묘를 발휘하게 되는 것이니, 극단적으로는 사백 명에 이르는 절정고수의 내력이 일시에 합쳐져 한 지점으로 집중될 수도 있었다.

그리하여 다수의 적을 맞는 경우라면 운영의 제약이 있겠지만, 소수이거나 지금처럼 단 한 명의 적을 상대로 하는 데 있어서는 그야말로 절대무적의 위력을 발휘할 수 있는 것이다.

능요운은 비로소 여유를 되찾았고, 느긋하게 형세를 관전하였다.

혈룡의 변태는 계속되지 못했다. 만검대진이 화진으로 진형을 바꾸면서부터 힘에 부친 듯이 그 성장을 멈추고 만 것이다. 듬성듬성하게 생기다 만 몸통의 비늘이 혈룡의 미완성을 대변하고 있었다.

"음!"

능사운의 곁에서 다시금 천주의 나직한 탄식이 흘러나왔다.

능사운은 문득 이채를 떠올렸다. 천주의 탄식에서 문득 아쉬움을 느꼈기 때문이다.

이어 그는 반사적으로 의문을 가져 보지 않을 수 없었다. 천주의 저 아쉬움은 무엇에 대한 것인가? 설마 필괴의 능력이 만검대진을 어찌해 보기에는 아직 부족하다는 것에 대해?

능사운은 온 신경을 천주에게 기울였다. 천주의 심기가 어떻게 변하는지를 적시에 정확히 파악하느냐 못하느냐에 따라 그 자신의 모든 것이 한순간에 결정될 수도 있었다. 그리하여 그의 이런 순간적인 주의와 집중은 이미 오래전부터 본능과도 같아져 있었다.

천주의 미간이 가만히 찌푸려지고 있었다.

능사운은 마침내 결단을 내렸다. 천주의 찌푸림에 담긴 약간의 실망감. 그것이야말로 추락의 시작을 의미하는 것이리라고 그는 확신했다. 용종 능요운의 추락의 시작!

아니, 그래야만 했다. 이제야말로 그에게도 기회가 주어져야 했다. 지금 이 순간, 천주의 곁을 지키는 위치로 오기까지 그에게는 참으로 길고도 험난한 인고의 시간이었다. 이제 그에게도 모든 불리함을 딛고, 그가 원하는 것을 제대로 한번 시도해 볼 수 있는 기회가 주어져야만 하는 것이다. 한 번은.

'지금 이 순간이 바로 그 기회이기를, 처음이자 마지막일 그 기회이기를 바란다. 정말 간절히! 능요운! 네가 가진 모든 유리함을 내려놓고, 또한 내가 가진 모든 불리함을 던져 버리고 공평한 조건에서 너와 나 둘 중 과연 누가 진정한 최후의 용(龍)인지를 가리는 기회!'

11

필괴는 한계에 부닥쳐 있는 중이었다.

혈룡의 힘으로는 더 이상 검진을 깨고 나아갈 수 없었다.

아니, 이제는 버티기조차도 힘겨웠다.

그러나 그에게는 또 하나의 힘이 있었다.

바로 심검이었다.

직전까지만 해도 그는 그의 의지로 심검을 움직이는 것이 가능하다고 여기고 있었다.

그러나 지금 이 순간, 그는 절감하고 있었다. 그 한 자루 마음의 검에 대해 아직까지는 그가 원하는 대로 움직이는 것이 가능하지 않다는 사실을.

혈룡이 거대한 검진의 힘에 갇혀 버린 지금, 그의 치열한 의지에도 불구하고 심검은 그를 벗어나 바깥으로 나아가지 못하고 있었다.

심검을 그의 외부로 움직이게 하는 수단이었던 의지의 끈, 바로 그 끈이 결국은 혈룡의 힘이었던 것이다.

그런데 지금 혈룡의 힘이 검진을 뚫지 못하는 이상, 심검 또한 검진 안에 갇히고 만 것이다.

그러나 그는 포기하지 않았다.

아니, 결코 포기할 수가 없었다.

심검은 그가 가진 최후의 수단이었다, 그의 마지막 염원을 풀기 위한.

그는 곧바로 더할 수 없는 절실함에 도달하였다.

그리고 바로 그 순간, 그 한 자루 마음의 검이 엄청난 광채로 빛났다.

그것은 눈을 부시게 하는 광채가 아니라 마음을 부시게 하는 광채였다. 더할 수 없는 명쾌함이었다.

그 찰나의 순간에 그는 능요운의 바로 가까이에 가 있었다. 아니, 그가 아니라 그 한 자루 눈부신 마음의 검이.

그러나 그는 다시 지극한 안타까움에 빠지고 말았다.

'아아! 마지막 한 줌만 더 있었다면……'

그 마지막 한 줌이 과연 힘인지, 혹은 절실함인지는 명확하지가 않았다.

그리고 다음 순간, 그 모든 눈부심과 명쾌함은 일순간에 사라지고 말았다.

그 한 자루 마음의 검은 다시 그에게로 돌아와 있었다.

12

천주는 한순간 필괴로부터 한 가닥 무형의 기세가 뻗어 나온다고 느꼈다.

아니었다. 그것은 결코 기세 같은 것이 아니었다.

그것이 다만 어떤 기세 같은 것이었다면, 그가 느끼는 순간에 이미 능요운에게 당도해 있을 수 없었다.

찰나간에 만검대진의 절대기벽(絶對氣壁)을 넘어갈 수는 없는 일이었다. 환상이 아니고는 말이다.

그것은 참으로 애매하여 그로서도 무어라고 정의하기가 어려웠다.

사실 그것은 전혀 날카롭지도 위협적이지도 못했다.

다만 맑고 투명한 느낌일 뿐, 부드럽고 미약하기 이를 데 없었다.

그리고 다시 한순간 그것은 찰나에 사라지고 말았다.

'설마?'

그는 문득 제풀에 움찔 놀라고 말았다.

만약에 만에 하나라도 방금 그것이 그가 잠깐 떠올렸던 바로 그것이었다면……?

그러나 그는 이내 그 잠깐의 떠올림을 부정했다. 그것이 아무런 결과도 만들어내지 못했기에.

이윽고 그는 그것에 대해 다만 그가 오랫동안 추구하고 있는 하나의 염원이 불러온 찰나의 환상이거나 혹은 미혹 같은 것이라고 단정했다.

그렇더라도 그 잠깐의 놀람과 흥분이 이내 짙은 허탈감으로 변했기에 그는 일말의 아쉬움을 떨치지 못하고 다시금 만검대진 안쪽으로 시선을 주었다.

만검대진은 여전히 필괴를 완벽하게 가두고 있는 중이었고, 추호의 빈틈이나 혼란도 드러내지 않고 있었다.

그럼에도 여전히 아쉬움이 여운처럼 감도는지라 그는 가만히 고개를 젓고 말았다.

'불세지령 때문이었을까? 오대불세지연의 첫 번째인 불세지령의 진정한 신비가 바로 그것일 수도 있으리라고 그 희박한 가능성을 끝까지 믿고 싶었던 것일까? 그렇게 해서라도 내가 도달한 경지가 마지막이 아니라, 그것을 능가하는 또 다른 경지가 분명 존재하리라고 믿고 싶었던 것인가?

능요운은 순간 섬뜩함을 느꼈다.

그것은 그저 느낌이었다, 맑고 투명한.

그러나 그저 느낌일 뿐이되, 그것은 한 자루의 작은 무형의 검이었다.

그 한 자루 무형의 검은 찰나 그의 눈앞에 나타났다가는 곧바로 사라져 버렸다.

그러나 그는 좀 전의 섬뜩함이, 그 낯선 공포가 다시금 재현할 가능성에 대해 즉각적인 대처를 했다.

만약의 구명책 내지는 대비책으로 그가 가지고 있던 가장 강력하고도 비밀스러운 수단을 사용한 것이다. 이런 상황에서 쓸 수 있는 비장의 한 수였다. 천하에서 오직 그만이 쓸 수 있는.

[부숴라!]

그가 보낸 한 가닥의 의지에 대해 저쪽에서는 흠칫 놀라며 곧장 극심한 갈등에 빠지는 느낌이다. 화괴였다.

[네 할아비가 죽는 꼴을 보고 싶으냐?]

그가 다시 차갑게 의지를 전하자 화괴는 감히 지체하지 못하였다.

쾅!

화정검이 폭발했다.

그리고 그 폭발의 여파는 곧장 혈룡을 파괴시켰다. 혈룡은 핏빛의 붉은 파편으로 화해 산산이 허공으로 흩어졌다.

필괴가 무너지고 있었다, 마치 벼락이라도 맞은 것처럼 허리가 꺾이며.

14

화정검의 폭발력은 마치 강력한 화약이 터지는 듯이 엄청났다.

더욱이 그 폭발력은 온전히 필괴에게로만 집중되며 극한의 충격파를 가했다.

다만 그러한 찰나의 순간에도 그는 느낄 수 있었다. 파괴되어 산산이 흩어진 혈룡이 한순간 하나의 작은 점으로 응축되는 것을.

그것은 마치 그 옛날 신비노인으로부터 받은 옥병에서 나오는 한 마리 혈룡을 보고 기절한 뒤, 처음으로 그의 내부에 점처럼 작고 희미하게 꼬물거리는 새끼 혈룡 한 마리가 생겨났다고 느꼈을 때와 같은 느낌이었다.

그렇게 혈룡은 그것이 지녔던 거대한 힘을 일순간에 잃어버리고는 아주 미약한 한 점으로 변하였고, 다시 그의 내부 어딘가의 아주 완고하고도 견고한 무형의 틀 속으로 숨어들었다.

동시에 그 한 자루의 마음의 검 또한 사라져 버렸다. 그 자취조차 찾을 수 없도록 완전히.

그의 내부에서 생긴 일이었다.

외부에서는 검진의 무지막지한 힘이 그를 향해 덮쳐 들고 있었다.

그러나 그때 그는 이미 까마득한 암흑의 심연 속으로 빠져들고 있는 중이었다.

15

"멈춰라!"

지극한 위엄을 담은 호통이었다.

그 즉시 만검대진은 스스로의 힘을 봉쇄했다.

그러나 미처 회수되지 못한 진세(陣勢)의 일부는 이미 필괴의 몸을 휩쓸고 있었다.

허공으로 휘말려 올라간 필괴의 몸이 간단히 부서지고 있었다.

뿜어진 선혈이 일시 붉은 안개처럼 화하여 주변으로 뿌옇게 비산하였다.

이윽고 검세가 완전히 소진된 뒤, 땅바닥에는 참혹한 형상의 시뻘건 인육 덩어리 하나가 나뒹굴고 있었다.

처참하게 터지고 찢겨지고 뭉개진, 목불인견의 육신이었
다.
필괴였다.

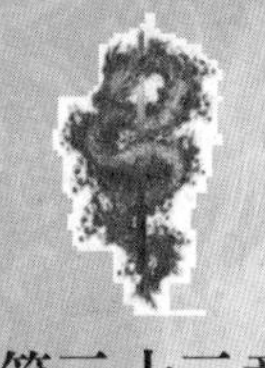

第三十三章
애증(愛憎)

1

　화정검이 폭발하는 순간, 멀리 떨어진 담벼락 아래쪽의 고목 둥치에 기대어 서 있던 가냘픈 체구의 여인 하나가 돌연 펄쩍 허공으로 튀어 오르더니 그대로 바닥으로 처박히며 널브러졌다. 마치 번개라도 맞은 듯이.

　화괴였다.

　능사운은 화살처럼 신형을 쏘아 나갔다.

　아무런 계산도 없는 그야말로 반사적인 행동이었다.

　그런데 능사운이 막 쓰러진 화괴의 몸을 안아 올릴 때였다.

　"갈!"

　아주 나직한, 그러나 태산같이 장중한 위엄을 담은 노갈이 터져 나왔다.

천주였다.

능사운은 멈칫하며 그대로 굳고 말았다.

주변의 모든 눈이 일제히 그를 향하고 있었다.

2

능사운은 찰나간 자신이 처한 상황을 절감하였다.

현실로의 회귀였다.

그가 손아귀에서 힘을 풀자, 얼마간 안아 올리던 중이던 화괴의 몸이 다시 바닥으로 떨어지며 턱 하고 둔한 소리를 냈다.

순간 그는 엄청난 분노를 느꼈다.

그 스스로에게 향하는 분노는 아니었다.

오히려 화괴에 대한 분노였다.

화정검을 폭발시킬 수 있는 건 결국 검에 직접적으로 심령이 연결되어 있는 화괴뿐이란 걸 그도 알고 있었다.

그러니 능요운의 지시가 있었다고 하더라도, 그녀 자신의 의지로 거부할 수도 있는 일이었다. 더욱이 화정검의 폭발은 이처럼 그녀 스스로에게도 치명적인 충격을 주는 일이다.

그런데 왜? 도대체 그녀는 왜 자신을 희생시키면서까지 능요운의 지시를 이행했단 말인가?

그의 분노는 곧장 증오로 바뀌었다.

오래 묵은 증오였다. 혹은 지독스러운 질시인지도.

그러나 그는 이내 감정을 추스르며 바닥의 화괴를 내려다보았다. 차갑게.

화괴가 표정을 지으려 애쓰고 있었다. 힘겹게.

그는 알 것 같았다. 그것이 미소를 지으려 하는 것임을.

그녀는 죽음을 목전에 둔 상황에서도 그를 위해 마지막 미소를 보여주려 하고 있는 것이다.

순간 그의 마음속에 다시금 증오의 격랑이 일었다.

'너는 도대체 왜……?'

그렇더라도 그는 화괴의 눈빛을 도외시하지는 못했다. 그녀의 눈빛이 무언가를 호소하고 있었다. 너무도 간절하게.

그는 직감할 수 있었다. 그녀의 생명이 얼마 계속되지 못하리라는 것을.

그는 천천히 그녀의 머리맡에 무릎을 꿇었다.

'이것이 마지막이라면… 이것이 그녀와의 마지막 순간이라면… 그녀가 저리 간절하게 전하고자 하는 마지막 호소를 들어주리라. 모든 분노와 증오를 내려놓고, 모든 계산과 판단도 잠시간 뒤로 미뤄두고.'

화괴가 힘겹게 입술을 달싹였다.

"운……!"

겨우 소리가 나오는데, 의미가 불분명한 그 소리를 내기 위해 그녀는 안간힘을 쓰고 있었다.

그런 그녀의 모습이 너무도 안타까웠지만, 그는 차마 어떻게 해줄 수가 없었다.

그는 기껏 그녀를 향해 조금만 더 고개를 숙였을 뿐이다.

그것은 그가 지금 현실과 아득한 회한 사이에서 가까스로 정하고 있는 경계선이었다.

그것마저도 결코 넘어설 수 없는 한계선이었다.

3

"운… 가가… 미안… 해요."

그녀가 그처럼 안간힘을 쓰며 말하고자 했던 것은 바로 그 소리였다.

순간 능사운은 움찔 몸을 떨고 말았다.

분노도 아닌, 슬픔도 아닌, 회한도 아닌, 무어라고 형언할 수 없는 격한 감정이 거칠게 그를 휘감아왔다.

화괴는 가쁘게 숨을 몰아쉬더니 문득 한결 편안한 표정이 되었다. 고통으로 일그러졌던 얼굴이 펴지고, 창백했던 안색에는 언뜻 엷은 홍조까지 돌아오는 듯했다.

'회광반조?'

그는 퍼뜩 다급해지고 말았다.

그러나 그는 여전히 형언할 수 없는 감정의 소용돌이 속에 있었고, 애써 담담한 표정으로 그녀를 내려다보기만 했다.

"미안해요. 이렇게 하는 것이… 당신을 곤란하게 만든다는
걸 알아요. 그러나 지금이 아니면… 다시는 말할 기회가 없을
것이기에……."

그녀는 엷게 미소를 떠올리고 있었다.

그러나 그녀의 시간은 빠르게 줄달음질치고 있었다. 마지
막을 향해.

"당신이 저를 원망하고… 증오한다는 걸 알아요. 옛날 그
때… 그 유황 동굴에서… 당신에게 철없이 했던 말이… 당신
에게 얼마나 큰 상처를 주었는지도……."

그의 얼굴이 와락 일그러졌다. 고함이라도 지르고 싶은 걸
그는 억지로 참아냈다.

화괴의 눈빛이 언뜻 애잔해졌다. 그러나 그녀는 이내 담담
하게 안색을 되돌리며 말을 이었다.

"그때 이후로 늘… 당신에게 미안하고… 마음이 아프고 괴
로웠어요. 그렇지만 그때 그 말은 결코… 제 진심이 아니었어
요."

그는 이를 악물었다.

그의 눈빛을 담담히 받으며 그녀는 말을 계속했다.

"당신이 절… 어떻게 생각하신다 해도… 당신은… 저의 정
혼자예요. 할아버지께서 정해주신… 세상에 하나뿐인 저의
정혼자."

순간 그는 고개를 홱 돌렸다.

마침 이쪽을 바라보고 있던 능요운이 싱긋 웃음을 그려냈다.

그는 다시 고개를 돌리며 집어삼킬 듯이 그녀의 두 눈을 노려보았다. 그리고 상처 입은 맹수의 신음처럼 으르렁거렸다.

"그렇다면 너는 왜? 도대체 왜……?"

그것은 지난 세월 그가 마음속으로 수없이 부르짖고 또 부르짖었던 지독한 증오의 첫 토설이었다.

그녀는 처연하게 웃으며 힘겹게 고개를 가로저었다.

"맹세코… 당신은 제게… 첫 번째 사내이자… 유일한 사내예요. 그때 이후로… 제 작은 가슴은… 오직 당신만을… 간직해 왔는걸요."

그는 전율처럼 온몸을 떨고 말았다.

"그 말을, 지금 나더러 그 말을 믿으란 말이냐?"

그것은 차라리 숨죽인 절규였다.

"미안해요……. 그러나 저는… 저는 어쩔 수가… 없었어요. 할아버지… 할아버지가……."

그녀의 숨이 돌연 거칠어지고 있었다.

그는 재빨리 그녀의 머리를 안아 올려 그의 무릎에 기대게 해주었다.

그녀의 얼굴이 백지장처럼 창백하게 변해 있었다.

그녀는 이제 회광반조의 현상마저 지나고, 마지막 생명의 불꽃마저 거의 다 소진하고 있는 중이었다.

그는 가만히 고개를 끄덕여 주었다. 그것이 지금 이 순간 그가 그녀에게 해줄 수 있는 최선일 것 같았다.

그녀의 얼굴에 한 가닥의 미소가 생겨났다. 겨우 희미하게 지어내는 힘겨운 미소였지만, 그 미소에는 기쁨이 담겨 있었다.

그가 그제야 방금 전 그녀의 말에서 느꼈던 의문에 대해 물었다.

"할아버지에 대해 할 말이 있는 것이냐?"

그녀의 입술이 미미하게 달싹였다.

그는 고개를 숙여 그녀의 입가에다 귀를 가져다 댔다.

"할아버지… 능요운의… 손에……."

순간 그는 탄식하고 말았다.

"아아!"

일순간에 모든 것이 확연해지는 듯했다.

그때 그녀의 입술이 다시금 미미하게 달싹였다.

그가 더욱 바짝 귀를 가져다 대며 애써 차분하게 말했다.

"말해라, 무엇이든 다."

그녀가 가느다란 숨결을 겨우 들이켜며 잔뜩 갈라진 목소리를 토해냈다.

"부탁… 심전… 오라버니… 구해……."

그녀의 목소리가 급하게 흐려지고 있었다.

그는 그녀의 입에서 귀를 뗐다. 그리고 가만히 그녀의 모습을 내려다보았다.

그러나 그녀의 힘겨운 애원을, 마지막의 간절한 염원을 그는 감히 거부할 수가 없었다. 그리하여 그는 힘주어 고개를 끄덕였다.

"알겠다! 내 그리하겠다!"

그러자 그녀는 편안해지는 듯했다. 마치 마지막 짐을 다 내려놓고 안도하듯이.

그녀의 입술이 다시 달싹였다. 그러나 그녀는 이제 아무런 소리도 내지 못했다.

그렇더라도 능사운은 읽을 수 있었다. 그녀의 힘겹고도 미약한 입모양이 마지막으로 무엇을 말하고자 하는지.

'사… 랑… 해… 요.'

그리고 그녀의 고개는 아래로 떨구어졌다.

그는 잠시간 그대로 그녀의 머리를 받치고 있었다. 그녀의 입가에 희미하게 피어난 한 조각의 미소가 아직 사라지지 않고 있었으므로.

4

능사운은 화괴, 아니, 이제 화괴로서의 모진 운명을 벗고 다시 초혜로 돌아간 그녀의 주검을 눈에 한 번 더 담은 다음 천천히 몸을 일으켰다.

그리고 그는 단호히 뒤돌아섰다.

지금은 그렇게 해야 할 때였다.

이제는 그가 지금껏 모든 것을 다 버리면서까지 절치부심 준비해 온 것들의 결실을 거두어들일 때였다.

그렇게 함으로써만 그녀를 가련한 죽음에 이르게 한 자에게 그 대가를 치르게 할 수 있을 것이기에.

그는 천천히 걸어서 천주의 곁으로 돌아갔다.

그를 보는 천주의 눈빛이 무거웠다.

그는 묵묵히 고개를 숙였다.

천주의 눈빛이 다시금 담담하게 돌아갔다.

5

능요운은 바닥에 널브러져 있는 시뻘건 인육 덩어리를 장난스럽게 툭툭 발끝으로 차고 있었다.

능사운은 묵묵히 그 광경을 보고 있었다.

인육 덩어리는 조금의 움직임도 없었다.

필괴가 예전 황촌의 이심전이란 것은 능사운도 이미 알고 있었다. 그리고 이심전을 구해달라는 초혜의 마지막 부탁에서 이심전이 그녀와 연관된 모종의 사정으로 인해 스스로 돌볼 궁리조차도 하지 못한 채로 만검문으로 오게 되었으리라

는 것 또한 능히 짐작해 볼 수 있었다. 물론 그 사정이라는 것
은 능요운에 의해 의도된 것일 테지만.

그러나 초혜의 마지막 부탁에 대해서 능사운은 결국 포기
할 수밖에 없었다. 이심전이 저렇듯이 이미 처참한 주검이 되
어버렸으니 말이다.

그런데 그때였다.

"저런 지경이 되고서도 숨이 끊어지지 않다니, 모진 목숨
이라고 해야 하나 아니면 불사지령의 공능 덕분인가?"

천주가 나직이 중얼거렸다.

순간 능사운은 반사적으로 다시 그 인육 덩어리 쪽으로 시
선을 돌렸다.

6

"꽤나 애절해 보이더군. 대략 오 년 만의 해후이던가?"

능요운이 빙글거리는 눈빛으로 말을 건네고 있다.

능사운은 이를 악물었다.

능요운의 눈웃음이 보다 짙어졌다.

"나는 네가 오지 산촌 태생의 비루한 계집 따위에게 그처
럼 마음을 주고 있는지는 미처 알지 못했다. 미리 그런 줄을
알았더라면 이 형이 화정검을 포기하는 한이 있더라도 진작
네게 양보해 주었을 텐데… 너는 어찌하여 지금껏 아무런 언

질도 주지 않았느냐? 그리하여 괜히 이 형만 각박한 사람이 되고 말았지 않느냐?"

능사운이 이윽고 폭발하고 말았다.

"닥쳐라! 네 말대로 그녀가 산촌 태생의 일개 비루한 여인에 불과하다고 하더라도 네 일신의 욕심을 탐하고자 그 순박한 여인의 약점을 잡고 위협하여 이용하였으며, 그것도 모자라 결국에는 죽음에까지 이르게 만든 너야말로 천하에서 가장 비열한 자이다!"

능사운의 호통이 준엄하게 이어졌다.

"또한 무종계의 계주이자 용종지회의 대형 신분으로 네 스스로의 은원에 대해서 당당하게 대응하여야 마땅함에도 너는 한낱 여인의 약점을 잡아서 네게 복수하고자 하는 자를 유인하고, 다시 여인을 희생시켜 그자를 해하는 참으로 비겁한 짓을 저질렀다! 하니 너와 같이 수치스러운 자에게 어찌 우리 무상천(無上天)의 후계를 이을 자격이 있다고 하겠는가?"

능요운이 문득 차갑게 웃으며 냉갈했다.

"하하하! 너는 방금 내게 무상천의 후계를 이을 자격이 없다고 했느냐? 그렇다면 혹시 그 자격이 네게 있다고 언감생심 흑심을 품고 있는 것이 아니더냐?"

능사운이 우렁차게 사자후를 발했다.

"나는 네게 도전할 것이다! 이것은 너 같은 자에게 천의 백년대게가 맡겨지는 일이 결코 있어서는 안 된다는 충정의 발

로이다! 또한 이것은 단심회의 회주로서 내게 주어진 사명이
자 권리이기도 하니 천주께서 지켜보시는 이 자리에서 너는
결코 나의 도전을 회피하지 못할 것이다!"

순간 사방의 수백 쌍 눈이 경악을 담고서 일제히 한곳으로
향했다.

그러나 천주는 무심하기만 했다. 마치 자신은 지금의 이 상
황과는 전혀 무관하다는 듯이, 나아가 자신은 전혀 관여할 의
사가 없다는 듯이 천천히 고개를 들어 먼 하늘로 시선을 주고
있었다.

그제야 수백 쌍의 눈은 다시금 능사운과 능요운에게로 집
중되었다. 사실 그 두 사람이야말로 언젠가 한 번은 반드시
부딪쳐야 할 관계로 예측되어 오기도 했다.

장내는 대번에 숨 막히는 긴장과 긴박에 휩싸였다.

7

"사람마다 각기 생각하는 바가 다르며, 또한 함부로 꺼내
보일 수 없는 사정도 있는 법! 그러나 어쨌든 지금껏 누구도
나를 이처럼 신랄하게 몰아붙이는 이가 없었는데, 오늘 네가
참으로 시원하게 쓴소리를 해주니 오히려 고맙구나!"

능요운이 짐짓 호방하게 말하였다. 그러나 그는 곧바로 냉
랭한 얼굴이 되며 차갑게 덧붙였다.

"하지만 방금 너는 크게 잘못 말한 게 있다! 즉 너는 내게 도전할 자격이 없을 뿐더러, 오히려 네가 단심회의 회주 신분으로 내게 도전하는 행위는 곧 반역이 되는 것이다!"

능사운이 또한 차가운 냉갈로 받았다.

"천주께서 애초에 무종계와 단심회를 양립시키신 뜻은, 그 두 곳으로 하여금 서로 견제하게 함으로써 어느 한 곳의 독단을 방지하고, 더불어 선의의 경쟁을 펼쳐 천을 이룩한 처음의 큰 뜻이 언제까지나 훼손되지 않고 더욱 발전해 나가도록 함이었거늘, 네 지금 감히 천주께서 계시는 자리에서 그분의 큰 뜻을 함부로 왜곡하고 농단하려는 것이냐?"

능요운은 다시 빙그레 웃는 얼굴로 되어 있었다. 그가 느긋하게 말했다.

"너의 잘못에 대해서 나는 더 이상 따지지 않기로 하겠다! 네 말대로 천주께서 이곳에 계시니 그분께서 처분을 내리실 것이니 말이다!"

"너는 나의 도전을 회피하려고 하느냐?"

"하하하! 너는 끝끝내 나를 정말로 비열하고 비겁한 사람으로 몰아가려고 하는구나!"

그러더니 능요운은 문득 안색을 굳혔다.

"좋다! 네가 그처럼 원한다면 무종계의 계주로서, 또한 항차 천의 후계를 이을 용종으로서 비록 네게 자격이 없을지라도 나는 흔쾌히 너의 도전을 받아주겠다! 단, 승부가 나고 난

다음에는 네가 범한 무례와 불충에 대한 대가를 엄히 물을 것
이니 네가 비록 나와 혈족지간(血族之間)이라고 하더라도 잘
못된 선례를 남기지 않기 위해서 결코 털끝만큼의 인정도 두
지 않을 것이다!"

능사운은 대답 대신 흘깃 한쪽으로 시선을 주었다.

천주가 천천히 걸음을 옮기고 있었다. 그리고 한쪽 멀찍한
곳으로 물러난 그는 뒷짐을 지고 선 채로 묵묵히 하늘을 올려
다보았다.

천주의 그러한 모습은 곧 그가 두 사람의 대결을 용인한다
는 의미이리라.

8

차차차창!

능요운과 검을 섞는 그 순간부터 능사운은 도무지 정신을
차릴 수가 없었다.

그가 펼치는 검의 변화는 너무도 간단히 상대에게 가로막
히고 있었다.

반대로 능요운은 지극히 가볍고 단순한 움직임만으로도
너무도 간단히 그를 궁지에 몰아넣고 있었다.

더욱이 무언지 모를 무형의 끈적거리는 기망(氣網) 같은 것
이 내내 그를 옭아매고 있었다.

그런데 그 기망은 마치 그의 내공과 지독한 상극의 특성을 지니고 있기라도 한 것처럼 그는 점점 더 내공을 운용하는 데 곤란을 겪고 있었다.

이윽고 그는 마치 거대한 거미줄에 걸린 것 같이 되어버렸다. 그리고 한순간 퍼뜩 무언가를 떠올릴 수 있었다.

'설마… 지존천공(至尊天功)?'

그랬다. 그렇지 않고는 도저히 이럴 수는 없었다.

지존천공! 그것은 절대적인 위력을 지닌 신공이었다. 무공으로서의 위력보다는 그것 자체가 가지는 권위로서.

지존천공은 무종계와 단심회의 무공을 포함한 무상천의 모든 무공에 대해 상극의 기세를 가짐으로써 가히 무적의 위력을 발휘한다. 이름 그대로 무상천의 모든 무공을 지배하는 지존의 신공인 것이다.

그리하여 지존천공을 익혔다는 것은 그 자체로 두 가지 신분 중의 하나임을 의미했다.

무상천의 천주이거나 혹은 차기의 천주!

그는 깨달았다. 아니, 깨달아야만 했다. 그가 지금 시도하려고 하는 것들이 사실은 이미 벌써부터 그 결과가 정해져 있었다는 것을.

모든 것은 미리 안배되어 있었으며, 그와 단심회는 다만 방편으로써, 혹은 한낱 희생양에 불과하도록 처음부터 그렇게 이미 정해져 있었다는 것을.

텅!

그는 검을 버렸다.

더 이상은 의미가 없었다. 아무런 의미도.

9

"사운, 네가 나를 능가할 수 있으리라 믿은 적이 한순간이라도 있었다면 너는 정말로 어리석은 것이다. 너는 알아야 했다. 너는 다만 나를 위해, 오직 나의 완성을 위해서 안배된 거대한 과정의 일부분일 뿐이라는 사실을."

능요운의 그 말에 대해 능사운은 묵묵히 수긍할 수밖에 없었다.

"예전의 일이 생각나느냐? 그 화산촌의 유황 동굴 안에서 너와 내가 처음 만난 그때, 네가 내게 무례를 범했고 그 무례에 대한 징계로 내가 네 한쪽 어깨의 근맥을 끊으려 했던 일을 말이다."

능요운의 물음에 대해 능사운은 여전히 묵묵히 있었다. 그에 능요운이 희미하게 미소를 떠올리며 말을 이었다.

"오늘의 네 죄는 그때의 무례와는 비교하지 못할 만큼 크니 너의 목숨을 바쳐도 부족할 것이다. 그러나 혈육 간의 정이란 게 있으니 이번에도 너의 목숨만큼은 보전할 수 있도록 관용을 베풀어주마. 대신… 다시는 이런 일이 없도록 경계를 삼는 뜻에서 너의 두 팔을 바쳐라.”

능사운은 조용히 눈을 감았다. 이제는 어차피 의미없는 일일 뿐이다. 양팔도, 목숨도, 그 어떤 것도!

10

“혈족 간에 끝내 피를 볼 셈이냐?”

그 조용하면서도 위엄에 찬 목소리를 듣는 순간, 능사운은 돌연히 격렬하게 솟구치는 분노를 느꼈다. 이미 모든 것을 포기했음에도, 모든 것을 포기하고 수긍하리라 체념했음에도 단 한 사람, 천주에 대해서만큼은 결코 분노와 원망을 거둘 수가 없었다.

“혈족 간이라고 하셨습니까? 혈족의 수장이신 할아버님이야말로 제게 어찌 이러실 수가 있습니까?”

능사운이 폭발시켜 내는 거친 분노에 대해 천주는 언뜻 안타까워하는 모습이 되었다. 그러나 그는 이내 담담한 모습으로 돌아가며 무심한 눈길로 능사운을 바라보았다.

[사운아, 이제 와서 하는 말이지만… 사실 너를 처음 보았을 때 노부는 참으로 기꺼웠다. 요운 이상의 용재(龍材)는 다시없을 거라고 믿고 있던 중에 노부의 혈족 중에서 다시 그에 버금가는 기재가 나타났으니 말이다.]

천주의 말은 능사운만 들을 수 있었고, 그 외에는 천주와 능사운이 서로 마주 보고 있는 모습만 볼 수 있었다. 그것이 능사운의 머릿속에 직접 울림을 주는 어의전성(御意傳聲)의 전설적 수법이었기에.

　[한동안은 너희 둘 중에서 과연 누구를 노부의 후계로 해야 할 것인지에 대해 깊은 고민이 있었다. 사운 너는 빼어난 자질에다 끝없이 스스로를 절차탁마하는 성실과 목표한 바를 기필코 이루려 하는 집념까지 지녔다. 하니 능히 당대의 일인자가 될 자질과 덕목을 모두 갖추었다고 할 수 있다.]

　천주의 시선이 잠깐 능요운 쪽을 향했다가 돌아왔다.

　[상대적으로 요운은 타고난 천재이나 그 감성이 지나치게 예민하여 변덕스럽다 할 만큼 제멋대로의 성격을 지녔다. 잔인할 때는 지나치게 잔인하다가 감성적일 때는 지나치게 감성적이며, 때로는 비상식적인 집착을 보이기도 한다. 그런 성격은 결코 일인자로 세상을 지배할 덕목은 아니라고 할 것이다.]

　"그런데 왜… 왜 제가 아닌 그인 것입니까?"

　능사운의 비통한 외침에 지켜보고 있던 능요운의 눈빛에도 언뜻 궁금증이 번졌다. 그러나 그는 느긋한 빛을 흩뜨리지는 않았다.

　천주의 어의전성이 다시 담담하게 울렸다.

　[너는 당대의 일인자가 될 수는 있을 것이로되, 다만 거기까지가 한계이니 그 이상은 될 수 없음이다.]

능사운의 눈은 타는 듯이 붉게 충혈되어 있었다. 그 눈빛을 무심히 받으며 천주가 이었다.

[노부가 기대하는 것은 일인자를 넘어서는 초월자의 경지이다. 그것은 다분히 무학적인 차원이다. 곧 노부가 이룬 경지를 초월하여 새로운 경지에 도달하는 것을 말한다. 네가 가진 덕목으로는 노부가 이룬 것을 충실히 이어받아 지킬 수는 있겠으나, 그것이 오히려 한계가 되어 결코 노부를 능가하지는 못할 것이다. 반면에 요운은 네가 결정적으로 가지지 못한 것을 가졌으니 바로 분방(奔放)함이다.]

"분방함?"

능사운이 허탈하게 뱉었다.

그런 능사운의 중얼거림의 전후를 요량해 보는 듯이 능요운의 입술이 또한 잠깐 달싹거렸다.

[요운의 그러한 분방함이야말로 언젠가는 노부를 능가하여 새로운 초월의 경지로 갈 수 있는 가능성이라고 노부는 판단했다. 그럼으로써 노부가 끝내 이루지 못한 무의 궁극, 즉 진정한 심검의 경지에 도달할 수도 있을 것이라 믿는 것이다. 그것이다. 그것이 바로 네가 아닌 요운이 노부의 후계자가 된 이유이다.]

"흐흐흐!"

능사운은 웃음을 흘렸다. 허탈한 웃음이었다. 그리고 그는 이어 절규했다.

"그런 것이었습니까? 그렇다면 할아버님은 잘못하신 것입니다! 크게 잘못하신 것입니다! 할아버님의 의중이 진작 그렇게 결정이 났었다면 제게도 미리 말씀을 해주셔야만 했습니다!"

천주의 얼굴에 언뜻 노여움이 비쳤다. 그러나 그것은 이내 흐릿한 안타까움의 빛으로 바뀌었다.

[천하 만물은 보이지 않는 가운데서도 늘 지극히 합당한 질서에 의해 움직인다. 곧, 작게 보아서는 편중되고 불합리한 것 같아도 결국에는 거대하고도 총체적인 균형을 유지한다. 그러한 질서는 다시 세세한 하위의 질서들로 그 바탕을 이루는데, 인간 각자의 타고난 운명 또한 그러한 하위 질서의 하나라고 할 것이다. 요운이 노부의 후계자가 되어 장차 무상천을 이끌고, 사운 네가 요운의 든든한 한 팔이 되어야 하는 것 또한 그러한 질서의 하나인 것이다. 나는 너희가 그렇게 되기를 바란 것이고, 그 바람은 지금도 여전하다.]

능사운은 잠시간 침묵했다. 그리고 차갑고도 단호하게 뱉었다.

"저는 그렇게 할 수 없습니다! 아니, 결코 그렇게 하지 않겠습니다!"

"음! 네 기어코……?"

천주가 이윽고 무거운 노기를 토해냈다.

그러나 능사운은 오히려 담담한 빛으로 돌아갔다.

"다만… 저 또한 할아버님의 혈통을 이어받은 후손이며, 그리고 그동안 기대에 크게 어긋나지는 않았으니 저의 마지막 부탁 한 가지만 들어주십시오!"

천주가 잠시 능사운을 바라보고 있더니, 문득 체념의 빛으로 나직이 물었다.

"부탁이란 것이 무엇이냐?"

능사운이 한쪽을 가리켰다.

"저자의 목숨입니다."

순간 천주는 가볍게 이채를 떠올렸다. 능사운이 가리킨 것이 바로 필괴였기 때문이다. 시뻘건 인육 덩어리로 널브러져 있는.

"저자는 이미 죽은 것이나 진배없으니 저자의 목숨을 굳이 끊지는 말아주십시오!"

능사운이 이어 하는 말에 천주는 가볍게 실소했다.

"허허허! 그러니까… 너는 지금 저 아이의 목숨을 살리려는 것이냐?"

"그렇습니다!"

천주는 더 이상 묻지 않았다. 그리고 무엇을 생각하는지 묵묵한 침묵을 지켰다.

12

“너의 그 부탁은 혹시 죽은 저 여인이 네게 부탁한 것이 아니더냐?”

언제 다가왔는지 능요운이 희미하게 웃으며 능사운에게 묻고 있었다.

능사운은 능요운이 아닌 천주에게 시선을 둔 채로 대답했다.

“제가 유일하게 마음의 빚을 진 여인입니다. 그 여인의 마지막 부탁이 필괴의 목숨을 구해달라는 것이었습니다.”

천주는 언뜻 실망스러운 기색이 되는 것 같았다.

그러나 능사운은 담담하게 덧붙였다.

“그리고 한 가지의 이유가 더 있습니다.”

“……?”

“저를 버리신 할아버님을 어떻게 해서라도 한번 무너뜨려 보고 싶어졌습니다. 비록 그것이 결코 가능하지 않다는 것을 알지만.”

천주는 문득 애매한 빛이 되었다.

“가능하지 않다는 것을 알면서도 노부를 무너뜨리려 보겠다는 것은… 억지가 아니냐?”

능사운이 선뜻 고개를 끄덕이며 대답했다.

“그럴 것입니다.”

“음?”

“그러나 할아버님께서 이미 필괴에 대해 결코 가볍지 않은 관심을 기울이고 계신다는 점에서 문득 어쩌면 필괴야말로 할아버님을 무너뜨릴 수 있는 어떤 유일한 가능성일 수도 있겠다는 생각을 해보게 되었습니다. 설령 그렇다고 하더라도 아주 작고 희미한 가능성에 불과하지만 말입니다."

능요운의 두 눈에도 문득 묘한 빛이 떠오를 때였다. 천주가 다시 무겁게 물었다.

"그런 생각까지 한 것을 보니 너는 반드시 나를 무너뜨려 보고 싶은 모양이로구나?"

능사운은 아주 담담하게 대답했다.

"먼저 저를 무너뜨린 것은 할아버님입니다. 하면 저 또한 할아버님을 무너뜨리려 안간힘이라도 한번 써보아야 서로 공평하지 않겠습니까?"

천주가 희미한 미소를 떠올리며 천천히 답했다.

"그럴 수도 있겠구나. 그러나… 할아비로서 너에 대한 처분은 내가 어찌 내릴 수 있을 것이로되, 다른 목숨 하나에 대한 너의 그 부탁은 아무래도 내가 아니라 요운에게 하는 것이 합당할 것 같구나."

13

능사운은 담담한 시선으로 능요운을 바라보았다.

능요운이 잠시 느긋하게 그 시선을 맞받고 있다가는, 이윽고 천천한 투로 입을 열었다.

"천주께서 너를 안타까이 여기시니 나로서도 너의 간청을 아주 외면할 수는 없겠다. 그러나 아무리 그렇다고 하더라도 무상천의 차기 천주로서 공사를 분명히 하지 않을 수는 없는 일. 특히 저자 필괴가 이미 저지른 업에 대해서는 그 죄를 엄히 묻지 않을 수 없다."

능사운이 흐릿하게 웃으며 물었다.

"나의 부탁을 아주 외면하지는 않겠다! 그러나 필괴에게 죄는 물어야겠다? 하면 어떻게 하겠다는 것인가?"

"필괴를 데리고 가라. 두 시진 동안은 쫓지 않을 것이다."

그에 대해 능사운이 문득 소리 내어 웃으며 받았다.

"하하하! 기껏 두 시진이라……. 무상천 차기 천주의 배포로는 너무 초라하지 않은가?"

능요운의 표정이 대번에 날카로워졌다.

"닥쳐라! 천주께서 아직 너에 대한 처분을 내리지 않으셨다고 세 치 혓바닥을 함부로 놀리느냐?"

그때 천주가 가볍게 손을 내저었다. 그럼으로써 능요운과 능사운 두 사람은 감히 계속해서 서로에 대해 날을 세우지는 못했다.

"사운, 이제 너의 대한 노부의 처분을 말하겠다."

천주의 말에 능사운이 담담히 두 손을 모으고 천주의 다음 말을 기다렸다.

"요운의 말대로 너는 지금 이대로 떠나거라! 그러나 이 시간부로 너는 철저히 세상의 음지에서만 살아가야 할 것이니, 다시는 밝은 세상으로 나올 수 없다!"

능사운이 깊숙이 허리를 숙였다.

"명하신 대로 소손은 일평생 철저히 음지에서만 살아갈 것이며, 더불어 무상천의 천하가 계속되는 한 결코 세상 밖으로 나오지 않을 것입니다!"

이어 능사운은 한 번 더 천주를 향해 길게 읍했다.

천주는 그런 능사운을 외면하고서 먼 하늘로 시선을 주었다.

능사운은 능요운을 향해 돌아섰다. 그리고 빙그레 웃으며 말했다.

"무상천의 차기 천주시여! 조금만 더 아량을 베풀어 허름한 마차 한 대만 내어주시오!"

능요운이 설핏 미간을 찌푸렸으나, 곧바로 한쪽 옆을 향해 가볍게 고개를 끄덕였다.

14

"자! 지금부터 두 시진이다!"

필괴의 핏덩어리 육신이 마차에 실리자 능요운이 나직이 선언했다.

차갑게 식어버린 초혜를 등에 업으며 능사운은 문득 예전
의 한때를 떠올렸다. 그 기억은 아스라하더니 이상하게도 이
내 방금 전의 일처럼 생생해졌다.

"업혀!"

그의 말에 초혜의 얼굴이 붉게 달아올랐다.

그녀는 얼른 주위를 돌아보더니 보는 사람이 없는 걸 확인
하고는 생긋 웃음을 머금으며 냉큼 그의 등에 업혔다.

"어이~ 차!"

짐짓 기합을 넣으며 그가 벌떡 일어섰다.

"어멋!"

초혜가 짐짓 놀란 소리를 뱉었다.

그는 성큼 걸음을 내디뎠다. 그러고는 곧장 속도를 붙였
다. 빠르게. 그러나 부드러운 봄바람처럼.

뒤돌아보지 않았지만 초혜의 긴 머리가 바람에 나풀거리
는 것이 보이는 듯했다.

문득 등이 따뜻해졌다. 그녀의 머리가, 그녀의 얼굴이, 그
녀의 뺨이, 그녀의 숨결이 느껴졌다.

따뜻하게!

촉촉하게!

속살거리는 듯이 포근하고 간지러운 그 느낌들은 참으로
황홀했다. 마치 꿈결처럼.

"하하하!"

“호호호!”

그의 낭랑한 웃음소리와 그녀의 짜랑한 교소가 꽃잎처럼 허공으로 흩뿌려지고 있었다.

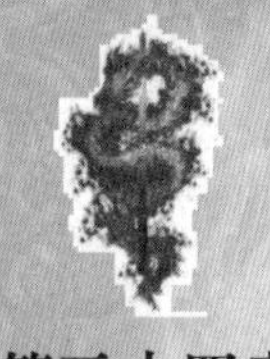

第三十四章
필사의 탈주

1

이미 두 시진이 다 차가고 있었다.

그러나 능사운은 차라리 담담하게 마차를 몰고 있었다.

천주는 이미 오래전부터 무상천의 실질적인 운영에서 손을 떼고 뒤로 물러나 있는 상태였다. 그 공백은 천의 핵심 중진들이 일종의 과두 체제를 형성하여 메워왔다.

그런데 이제 천주가 공식적으로 능요운을 무상천의 차기 천주라고 선언한 이상, 능요운은 무상천의 실질적인 지배자가 된 것이다.

곧 강호 천하를 지배하는 자의 표적이 되었으니 죽은 시체나 다름없는 필괴를 데리고 과연 천하의 어디로 도망을 칠 수 있을 것인가?

그러나 능사운은 최선을 다해볼 작정이었다. 초혜에 대한 마지막 성의로.

2

이히히힝!

말들이 놀라 울부짖더니 마차가 급하게 섰다.

백여 명이 넘는 무리가 마차 앞을 가로막아 서고 있었다.

그러나 능사운은 반사적으로 움켜잡았던 검병(劍柄)을 다시 놓았다. 두 시진은 이미 훌쩍 지나 있었다.

다만 무상천의 추격은 아니었다. 더욱이 그 일단의 무리 앞으로 나서는 두 사람 중 한 사람이 능사운이 익히 아는 인물들이었다.

장삼이었다. 일로방의 총당주.

능사운은 천천히 마차에서 내려섰다.

"귀 방주는 마차 안에 있소. 그러나 그는 지금 몹시 위중하오."

사괴가 곧장 마차에 오르며 휘장을 열어젖혔다.

두 구의 시신이 나란히 누워 있다.

한 구는 창백한 얼굴이나마 고왔고, 다른 한 구는 만신창이의 핏덩어리였다.

사괴는 한눈에 알아볼 수 있었다. 그 목불인견의 핏덩어리가 바로 필괴라는 것을.

필괴의 맥과 호흡을 살핀 사괴의 표정이 곧바로 무거워졌다.

일단 시신은 아니었다. 그러나 죽은 것이나 마찬가지였다. 호흡과 맥박이 거의 느껴지지 않았다. 만약 미미하게 느껴지는 온기가 아니었다면 살아 있다는 것을 확신하지 못할 정도였다.

사괴가 안고 나오는 피투성이의 필괴를 보고 장삼은 크게 격동했다. 그러나 그는 애써 차분함을 유지하며 사괴의 전음을 들었다.

사괴의 보고는 간단명료했다. 필괴가 지금 산 것도 죽은 것도 아닌 상태이며, 당장에 마땅하게 응급조치를 취할 방도조차 찾기 어렵다고 했다.

"어떻게 된 일이오?"

장삼이 침중한 빛으로 능사운을 향해 물었다.

"귀 방주는… 화괴와 함께 만검문을 찾아갔다가 변을 당했소."

"으음! 두 사람이서 말이오?"

"그렇소. 그보다 중요한 것은 두 시진의 도망칠 시간을 얻었으나 이미 다 지나가 버렸다는 사실이오."

"만검문이 추격하고 있다는 뜻이오?"

능사운이 고개를 끄덕였다가는 다시 가로저었다.

"혹은 무종계… 아니, 그보다도 훨씬 더 거대할지도!"

장삼이 흠칫 눈빛을 굳히며 반문했다.

"무종계보다 더 거대하다면… 혹시 무종계와 단심회를 합친 경우를 말하는 것이오?"

능사운이 또한 흠칫 놀라며 이채를 떠올렸다.

"귀하가 그걸 어떻게……?"

"어렴풋이 짐작만 하고 있었는데… 설마 그 짐작이 정말이었다니……."

능사운이 문득 허허로운 기색으로 되며 받았다.

"무종계와 단심회는 본래 하나의 몸통에서 나왔으니, 그 몸통은 바로 무상천이오. 결국 강호는 지난 백여 년간 무상천에 의해 철저하게 지배당해 온 것이오."

"음!"

"무상천은 결코 무너뜨릴 수 없는 철옹성이오. 또한 무상천주는 이미 오래전부터 누구도 넘을 수 없는 전무후무의 무공 경지에 오른 그야말로 유아독존의 절대자요."

"그랬었군. 지금까지 강호의 모든 일에는 그자의 의지가 개입되어 있었던 것이로군. 하지만… 이미 무소불위의 절대자인 그가 왜 굳이 천하를 상대로 그런 복잡한 심계까지를 써야 했단 말인가?"

장삼이 무겁게 중얼거렸다. 이어 그는 다시 능사운을 향해 물었다.

"한데… 당신은 단심회 소속으로서 왜 그 같은 비사를 내게 밝히는 것이오?"

능사운은 담담한 투로 대답했다.

"자세한 사정을 말하고 싶진 않소. 다만… 만검문에서 귀 방주의 목숨을 살려 나오는 대가로 나는 무상천의 천하에 다시는 발을 디디지 않기로 맹세를 했소."

장삼이 기이한 빛으로 되며 곧바로 물었다.

"무슨 이유로 그런 대가를 치르면서까지 우리 방주를 살리려 했는지 물어도 되겠소?"

"내가 씻을 수 없는 빚을 진 한 여인에게서 귀 방주의 목숨을 살려 달라는 부탁을 받았기 때문이오."

"음!"

장삼은 언뜻 탄식하고 말았다. 그러나 그는 더 이상 묻지 않았다.

"감사하오."

장삼이 가볍게 포권하며 차분하게 말한 데 대해 능사운이 또한 무심한 빛으로 물었다.

"무엇이 말이오?"

"우리 방주의 목숨을 살리고 여기까지 데리고 와준 데 대해서요."

"그 말은… 나의 역할은 여기까지란 의미요?"

"이미 커다란 신세를 졌는데, 더 이상 폐를 끼칠 수는 없는 노릇이오."

능사운이 잠시 묵묵하게 장삼을 바라보다가 문득 고개를 끄덕였다.

"좋소. 그러나… 부탁이 하나 있소."

"말해보시오!"

"귀 방주가 다시 일어서고… 나아가 정말로 세상을 뒤집을 능력을 가지게 된다면… 그때 그에게 좀 전해주시오. 내가 한 가지 일을 간곡히 부탁하더라고."

장삼이 설핏 미간을 찡그렸다가 다시 풀며 물었다.

"우선… 그 부탁이란 게 무엇이오?"

"능요운에게 잡혀 있는 황촌 촌장을 구해달라는 것이오."

"능요운? 황촌 촌장?"

"그리만 전하면 그가 충분히 알 것이오."

"알겠소. 전하도록 하겠소."

능사운이 조금 머뭇거리는 기색이다가 다시 덧붙였다.

"그리고… 그 부탁이 초혜의 마지막 염원이었다고도 말해주시오."

순간 장삼은 묘한 눈빛이 되었다. 그러나 그는 다시 가만히 한숨을 쉬며 말했다.

"그런데 귀하는 마치… 우리 방주가 반드시 다시 일어설 수 있을 거라고 확신하는 듯하군. 더욱이 어떻게… 우리 방주가 세상을 뒤집을 능력을 가지게 될 거라는 전제까지 할 수 있는 것이오? 아무리 만약이라고 한대도 말이오?"

능사운이 문득 음울한 미소를 떠올렸다.

"솔직히 내게는… 귀 방주가 다시 일어날 수 있을 것이란 믿음이 없소. 더욱이 귀 방주가 세상을 뒤집을 능력을 가지게 되는 일은 결코 가능하지 않다는 생각이오."

"……?"

"다만 내가 직접 느낀 바, 무상천주가 무공 능력과 관련하여 관심을 기울인 유일한 존재가 바로 귀 방주이며, 또한 비록 작고 희미한 가능성에 불과하지만 귀 방주야말로 자신의 절대를 무너뜨릴 유일한 가능성이라고 무상천주 스스로가 인정한 바 있기 때문이오."

순간 장삼의 안색에 설핏 긴장이 스쳤다.

그때 장삼이 거느리고 온 무리 중에서 한 인물이 급하게 다가서며 보고했다.

"정동향(正東向) 십 리(十里) 전방에 삼백가량의 무리가 빠르게 접근하고 있는데, 움직임으로 보아 모두 절정고수급으로 판단된다는 척후의 보고입니다."

"필시 그들일 것이오!"

능사운의 단정에 장삼이 가볍게 포권하며 말했다.

"귀하는 서둘러 떠나는 것이 좋겠소."

이어 장삼은 뒤에 늘어선 무리에게 명령했다.

"마차를 중심으로 쇄방진(鎖防陣)을 구축한다!"

능사운은 마차로 가서 조심스럽게 초혜의 시신을 안아 내렸다.

장삼이 돌아보았을 때는 능사운이 한 여인의 시신을 품에 안은 채 급하지 않은 걸음으로 걸어가고 있었는데, 그 뒷모습이 참으로 애잔했다.

그사이 마차를 중심으로 일백이십여 무리가 사방으로 넓게 벌려 서며 분주히 움직이고 있었다. 땅을 파고, 각자의 등짐에서 제각기 무엇을 꺼내 신속하게 설치하는 모습도 보였다.

3

"부탁한다."

사괴는 흠칫 몸을 떨었다. 장삼의 그 말은 전음으로 필괴를 데리고 즉시 이곳을 빠져나가라는 지시를 한 다음의 말이다.

사괴는 잠시간 격정을 추스른 후에야 겨우 물을 수 있었다.

"그를 위해… 왜 이렇게까지 하는 것입니까?"

힘에 겨운 듯한 목소리였다.

"글쎄……."

장삼이 운부터 떼고는 잠시 생각한 다음에야 다시 이었다.

"친구니까."

"친구?"

"또 다른 이유가 필요할까?"

사괴는 문득 반발하고 말았다.

"왜 그가 다른 모두의 목숨보다 우선되어야 합니까? 그리고 왜 내가… 당신의 목숨보다 그의 목숨을 우선해서 지켜야 하는 겁니까?"

장삼은 사괴의 두 눈을 마주 보았다, 마치 깊숙이 들여다보듯이. 이어 그는 가볍게 한숨을 내쉬며 말했다.

"네가 지금 필괴의 처지가 되어 있더라도 나는 아마도 똑같이 했을 것이다."

"흥!"

차가운 코웃음이었다. 그러고 보니 사괴는 지금 평소의 냉정하고 무심하던 모습과는 많이 달라져 있었다.

장삼은 희미하게 쓴웃음을 머금으며 물었다.

"그렇다면 지금 만약 내가 필괴와 같은 처지이고 또한 네가 나의 입장이라면 너는 과연 어떻게 하겠느냐?"

사괴는 언뜻 당황하는 기색이 되고 말았다.

그에 장삼이 담담하게 미소 지으며 이었다.

"분명 너 또한 나와 같이했을 것이다."

그 말에 사괴는 곧바로 반박했다.

"내가 당신을 생각하는 것과 당신이 필괴를 생각하는 것이 어찌 같을 수 있단 말입니까?"

"같지 않을지라도 그렇게 많이 다르지도 않을 것이라고 믿는다."

장삼의 기색이 사뭇 진지하다는 데 대해 사괴는 다시금 당황했다. 그러나 그는 다시 차갑게 뱉었다.

"나는 그렇게 생각하지 않습니다. 결코!"

그때 장삼의 입술이 미미하게 달싹였다. 전음으로 말을 잇는 것이었다.

그리고 사괴는 이내 멍한 얼굴이 되고 말았다. 그의 몸이 가늘게 떨리고 있었다. 극도의 혼란과 분노로.

그런 사괴를 장삼은 안타깝게 지켜보았다. 그러나 그는 다시 단호하게 명령했다.

"가라! 더는 머뭇거릴 여유가 없다. 우선 필괴를 구하라. 그런 연후에 네가 나에게 칼을 겨눈다고 해도 나는 기꺼이 감수할 것이다."

사괴가 이를 악물었다.

"좋습니다. 반드시 필괴를 탈출시키겠습니다. 그러나 당신 또한 반드시 살아남으십시오. 그래야 내가 당신에게 칼을 겨눌 수 있을 테니까."

사괴의 목소리가 덜덜 떨려 나왔다.

그러나 장삼은 오히려 차갑게 냉소하며 받았다.

"물론이다. 나는 반드시 살아남아 네게로 갈 것이다. 왜냐하면… 오직 나만이 필괴를 온전히 살릴 수 있기 때문이다."

사괴는 곧바로 필괴의 피투성이 육신을 추슬러 등에 업었다. 이어 좁고 기다란 끈으로 자신의 몸과 필괴를 단단히 동여맸다.

그때 세 사람이 장삼의 가까이로 다가섰는데, 함께 예를 갖춘 다음 그중의 하나가 장삼에게 청했다.

"필괴를 한번 봐도 되겠습니까?"

장삼이 희미하게 웃으며 고개를 끄덕였다.

그러자 그 사람은 사괴의 등에 업힌 필괴에게로 다가서서 나직이 말했다.

"필괴, 너는 우리에게 미안해하지 않아도 좋다. 아니, 나중에는 크게 미안해해야 할 것이다. 그러기 위해서라도 살아남아라. 반드시!"

그는 육도반이었다. 용호장 반회당주 육도반.

그리고 그의 곁에 결연한 얼굴로 선 두 사람은 바로 비조(備組) 조장 사공승(士供勝)과 무조(務組) 조장 경대우(倞大優)였다.

지금 마차를 중심으로 넓게 진형을 갖추고 적을 맞을 준비를 하고 있는 이들은 모두 용호장의 무사들이었다.

4

사괴는 전력을 다해 달렸다.

눈앞이 흐릿했다.

자꾸만 쏟아져 나오는 눈물 때문이었다.

흐릿한 시야 속으로 잠깐잠깐 기억의 단편이 스쳐 지나갔다.

악몽과도 같은 과거의 순간들이었다.

누백 년을 이어 온 살수의 가문!

그리고 무형살!

살수의 전설인 그 궁극의 경지에 오르기 위해 그는 인간으로서는 차마 견디지 못할 참혹한 고통의 과정을 감내해야만 했다.

그가 태중(胎中)에 있을 때부터 이미 시작된 그 일련의 과정은 만약 그에게 평범한 인간으로서의 최소한의 인지라도 있었더라면, 그 극단의 잔혹한 과정 중에 그는 필시 스스로 목숨을 끊거나 혹은 미쳐 버리고 말았을 것이다.

그가 세상에 나왔을 때 그의 가문은 몰살당하고 없었다.

누구에 의한 짓인지도 알 수 없었다. 벌써 몇 년이나 흘러 아무런 흔적조차 찾을 수 없었거니와, 그의 가문이 원래 비밀스러운 은둔의 가문이었으니 마치 아무 일도 없었던 것처럼 세상은 여전히 잘 돌아가고 있었다.

그는 무작정 세상으로 나왔다.

그러나 그가 할 수 있는 건 오로지 죽이는 것에 관한 것뿐, 평범한 사람으로서 살아가는 데 대해서는 무지했다.

　도무지 세상에 적응할 수 없었던 그는 빠르게 피폐해져 갔다.

　육체적으로, 그리고 정신적으로, 마침내 한계 상황에 이르렀을 때 그는 우연히 한 사람을 만났다.

　세상에서 처음으로 그에게 관심을 가져준 사람.

　장삼이었다. 물론 그때는 전혀 다른 모습과 또한 다른 이름을 가지고 있었지만.

　그리고 오래지 않아 그는 확신할 수 있었다.

　장삼과 그의 만남이 우연이 아니라 필연이었음을.

　운명이었음을.

　그가 운명으로부터 받은 유일한 호의였음을.

　그는 장삼에게 전적으로 의존했고, 절대적으로 추종했다.

　장삼을 위하는 일이라면 그가 가진 모든 것을 다 바쳐도 아깝지 않다고 생각했다.

　목숨까지도 기꺼이 바칠 수 있었다.

　"그런데 그가, 그가 어떻게……."

　그는 이윽고 억눌린 흐느낌을 흘러냈다.

　흐느낌은 이내 격한 부르짖음으로 터져 나왔다.

　"그럴 리 없어! 그럴 수는 없어!"

5

용호장의 무사들이 마차 주위로 커다란 원형의 진형을 구축해 놓고 있는 중에, 일대에는 무거운 침묵만이 흘렀다.

그때 누군가 숨죽인 소리로 외쳤다.

"적들이 옵니다!"

전방에서 뿌옇게 먼지가 일어나고 있었고, 곧이어 먼지 속으로 흐릿한 신형들이 보였다.

빠르게 가까워지는 쾌속한 신법만으로도 적들은 하나같이 고수들이었다. 그리고 뒤이어 드러나는 수백 규모의 위세는 단번에 용호장 무사들의 기를 질리게 만드는 데가 있었다.

장삼은 묵묵히 검을 뽑아 들었다.

뒤이어 용호장 무사들이 일제히 검을 뽑아 들었다.

주위의 침묵이 일시에 충천하는 살기로 채워졌다.

쾅!

콰쾅!

폭음과 함께 전방 곳곳의 땅바닥이 풀썩풀썩 일어나고 있었다.

폭약이었다. 쇠털처럼 가느다란 세침(細針)과 모래알보다도 작은 미세 탄환을 무수히 터뜨려 내는 폭렬탄(爆裂彈)이었다.

돌발적인 사태에 짓쳐들어오던 적들은 사방에서 바닥으로 나뒹굴었다.

그뿐이 아니었다.

쉭!

쉬익!

수십 발의 화살이 적들의 머리 위로 날아갔다.

그런데 단순한 화살이 아니었다.

펑!

퍼펑!

화살들은 바닥에 떨어지면서, 혹은 날아가는 도중에 공중
에서 폭발을 일으켰다. 땅에 매설된 것보다는 훨씬 작은 규모
의 폭렬탄이었다.

적들이 놀라 우왕좌왕 헤매 다닐 때 다시 수십 발의 화살이
그들의 머리 위로 날아들었고, 일정 간격을 두고서 계속하여
폭발을 일으켰다.

적들은 일시 대혼란에 빠지고 마는 형국을 보였다.

그러나 적들은 이내 빠르게 흩어진 진형을 추슬러 재정비
하더니, 이어 십여 명 단위로 수십 개의 소진형(小陣形)을 이
루며 다시 돌격해 왔다.

쾅!

콰쾅!

쉭!

쉬~!

펑!

퍼펑!

마차 가까이로 접근할수록 더욱 촘촘하게 매설된 폭렬탄
과, 또 화살에 매달린 폭렬탄이 쉼없이 터졌다.

그러나 적들이 소진형 단위로 산개하여 움직이는 까닭에
그 위력이 이전보다는 많이 떨어졌다.

이윽고 적들은 용호장의 무사들이 이루고 있는 원진의 벽
을 허물며 밀물처럼 덮쳐들었다.

그때였다. 기다리고 있었던 듯이 용호장의 진형이 순간적
으로 변화를 이루었다. 원래의 원형진 형태에서 돌연히 네 명
으로 구성되는 분대(分隊) 단위로 확 쪼개진 것이다.

이어 그 삼십여 개의 분대가 쉴 틈 없이 뒤섞여 돌아가는
데, 얼마나 빠르게 움직이는지 그 움직임들을 따라가다 보면
눈이 어지러워질 지경이었다.

채챙!

차차차창!

사방에서 도검 부딪는 소리가 격렬하게 뒤엉켰다.

6

쉽게는 전황을 속단할 수 없던 각축전의 양상에 갑작스러
운 변화가 일어난 것은 적진에 십여 명의 적포인(赤袍人)이 새
로이 가세하면서였다.

그런데 그들 십여 명의 적포인은 차원이 다른 고수들이었

다. 용호장의 무사들은 감히 그들을 감당하지 못하고 대번에 수세에 몰리기 시작했다.

용호장의 무사들이 수적 열세에도 불구하고 지금껏 각축을 이룰 수 있었던 요인은, 그들이 이룬 삼십여 개의 분대 단위 진형이 이합집산하면서 순간순간 이루어내는 조화의 묘 덕분이라고 할 수 있었는데, 그들 십여 명의 적포인이 개입하는 즉시로 그러한 진형의 연결고리들부터 끊어버린 것이다.

전투의 양상이 대번에 기울고 말자, 중앙 방위에서 진형의 중심을 받치고 있던 장삼과 육도반, 그리고 두 조장이 급하게 적의 적포인들을 맞아 나갔다. 다른 선택의 여지가 없는 상황이었다.

쾅!

장삼이 곧장 적포인 중의 하나를 덮쳐가면서 일장을 후려갈겼고, 굉음이 터지면서 일대의 기류가 한순간 허공으로 휘말려 올라갔다.

격돌의 충격파를 견디지 못하여 비틀거리며 뒤로 서너 걸음이나 밀려나는 적포인의 얼굴에 장삼의 엄청난 내공에 대한 경악이 적나라하게 떠올라 있다.

다른 세 명의 적포인이 곧장 장삼에게로 날아왔다. 그리고 그들은 즉시로 삼재진(三才陣)을 형성하며 장삼을 협공해 들었다.

파파팡!

　장삼이 섬전수(閃電手)의 수법을 펼쳐 잇달아서 강력한 공세를 퍼부었다. 그러나 세 적포인들의 합벽(合壁)을 쉽게 흩트리지는 못했다.

　그때 육도반과 두 조장은 적포인 둘을 맞아 셋의 합공으로 겨우 감당하고 있는 형국이었다.

　그러는 사이에 나머지 다섯 명의 적포인은 용호장의 무사들을 무차별적으로 베어 넘기고 있었다.

　그야말로 양 떼 속에 호랑이들이 뛰어든 형국이었다. 더욱이 주위의 적들이 일제히 덮쳐들며 살육에 가담했으니 역불급이었다. 곳곳에서 용호장 무사들이 쓰러져 나가고 있었다.

　그러나 그런 중에도 용호장의 무사들은 결코 마차의 주변에서 물러서지 않았다. 마지막 하나가 남을 때까지 싸우겠다는 비장한 기세였다.

　마침내 적 중의 일부가 마차의 한쪽으로 접근하였고, 마차의 휘장을 걷어 젖혔다.

　마차 안은 텅 비어 있었다.

　그리고 마차의 안이 훤히 드러나는 순간, 용호장의 무사들은 돌연히 마차를 버리고 사방으로 산개해 나갔다. 제각기 도주하기 시작한 것이다.

　사실은 그것이야말로 처음부터 정해진 전투 목표였다. 마차를 지키되, 일단 마차가 적에게 넘어가는 순간 즉시 산개하여 퇴각한다는.

7

장삼은 전력을 다해 달렸다.

그는 필괴에게로 가야만 했다.

그가 제때에 가지 않는다면 필괴는 죽을 수밖에 없으므로.

그리고 필괴가 죽는다면 그 또한 살아갈 커다란 의미 하나를 잃게 될 것이므로.

그의 내력은 이미 초인의 경지에 다다르고 있었으니, 그가 전력으로 펼치는 신법은 가히 허공비행의 경지처럼 보였다.

8

홀연히 나타난 장삼의 표정과 전신에서 비장한 느낌이 짙게 묻어나고 있다는 데 대해 사괴는 설핏 당혹스러웠다.

적의 추격 기미는 없었다, 아직까지는.

그러다 사괴는 문득 얼굴이 굳어졌다.

장삼이 사괴에게 가만히 고개를 끄덕여 보이고는 곧장 가까이에 있는 하나의 평평한 바위 위로 올라가 자리를 잡고 가부좌를 틀었다.

사괴가 감히 지체하지 못하고 곧바로 내력을 운기했고, 곧바로 그의 몸 안으로 거대한 내력의 물줄기가 쏟아져 들어왔

다. 장삼의 격공전공(隔空傳功)이었다. 동시에 그는 적의 존재
를 느낄 수 있었다. 참으로 거대한 존재감이었다.
　'무상천주!'

9

　장삼은 자신의 모든 내력을 쏟아부었고, 그 거대한 내력을
받아들여 사괴는 전광도 열두 자루를 한꺼번에 쏘아냈다. 한
순간 열두 개의 빛줄기가 온 공간을 뒤덮었고, 그것이야말로
십이전광도의 궁극이라고 할 수 있었다.
　그러나 그때 천주는 자신이 창조해 낸 공간 속에 있었고,
십이전광도가 그 공간의 벽을 뚫지는 못했다.
　그것은 사괴의 한계이기도 했지만 또한 장삼의 한계이기
도 했다.
　혹시 사괴가 염원하는 무형살의 완성된 경지라면 천주의
벽을 뚫을 수 있을지도 몰랐다.
　그러나 사괴의 무형살은 처음부터 그저 전설에 불과하기
쉬웠다. 장삼의 염원이 또한 그러한 것처럼.
　그런데 어느 순간, 장삼은 천주로부터 전해지는 묘한 느낌
을 받았다. 그것은 지루함, 혹은 실망의 느낌이었다.
　순간 장삼은 지금껏 한 번도 가보지 않았던, 아니, 가보려
는 엄두조차 감히 내보지 못한 불완전의 영역으로 무작정 뛰

어들 격정에 빠져들고 말았다. 그리고 그로부터 돌연 수천, 수만 가닥의 무형 기류가 거미줄처럼 쏘아 나가 곧장 천주의 공간을 통째로 겹겹이 옭아맸다.

공간 속 천주의 표정이 가볍게 흔들렸다. 그가 처음으로 보이는 놀라움이었다.

사괴의 십이전광도가 다시 맹렬하게 천주의 벽을 공략했다. 그러나 사괴는 곧바로 십여 장 바깥으로 튕겨나고 말았다. 장삼으로부터의 격공전공이 한순간 끊어진 때문이었다.

양상은 천주와 장삼의 내력 대결로 변했다. 천지간이 온통 두 사람의 내력으로 가득 채워졌는데, 마치 내력의 바다를 이룬 듯했다.

10

오래지 않아 장삼은 한계를 절감할 수밖에 없었다. 천주는 그가 감히 상대할 수 없는 미증유의 거력을 지니고 있었다. 그와는 차원이 달랐다. 이미 초월의 경지에 도달해 있었다.

그때였다.

[인간이 담을 수 있는 내공의 한계는 십 갑자다. 인간의 나약한 육신으로 그 이상의 내공을 담기란 불가능하다. 노부 또한 이미 육십여 년 전에 그 같은 한계에 봉착한 바 있다. 그리고 만약에… 불세지력(不世之力) 전설이 실현되어 네가 정말

로 천년내공을 지니게 된다고 하더라도 그것이 그리 획기적인 사건은 되지 못하리라. 즉 내공이 일단 십 갑자의 경지에 도달한 뒤라면 더 이상 내력의 많고 적음은 별다른 의미가 없는 것이고, 오로지 어떤 깨달음의 경지에 도달하느냐의 단계만이 있을 뿐이니 말이다.]

어의전성은 천주가 보내온 것이었다.

장삼은 새삼 절망하지 않을 수 없었다. 그렇더라도 그는 포기할 수 없었다. 결코, 끝까지 최선을 다해보고 마지막을 맞으리라. 그것은 그의 처음부터의 각오였다. 또한 마지막 성의였다. 그 마지막은 이미 가까이에 있었다.

그런데 그때였다. 장삼에게로 향해 있던 천주의 시선이 문득 멀리 사괴 쪽으로 돌려졌다. 약간의 의아함 내지는 흥미로움을 담은 채로.

11

사괴는 힘겹게 한 손을 들어 십여 장 떨어진 천주를 향해 겨누고 있었다. 그는 빈손이었으나 마치 손으로 검을 삼기라도 한 듯이 무겁게 천주를 겨눈 채였다.

"할!"

천주가 가볍게 일갈했고, 순간 장삼은 커다란 충격을 받았다. 도저히 감당 못할 거력이 밀려들며 그를 밀어낸 것이다.

그 순간 사괴 또한 한 장의 가랑잎처럼 허공에 떠서 날려가
고 있었다. 그리고 근 오 장여를 날려간 그는 그대로 땅바닥
에 처박히며 널브러지고 말았다.

그러나 사괴는 꿈틀거리며 다시 몸을 일으켰고, 간신히 한
쪽 무릎을 꿇은 채로 천주를 노려보았다. 아직 승부가 끝나지
않았다고 시위하듯이.

"왁!"

장삼은 내부의 진탕을 견디지 못하고 한 모금의 피를 토해
냈다.

천주가 천천히 사괴 쪽을 향해 돌아서는 광경을 장삼은 차
라리 담담하게 바라보고 있었다. 모든 것을 포기한 데서 비롯
되는 담담함이었다.

그런데 한순간, 장삼은 문득 이채를 떠올렸다. 천주와 사괴
가 서로를 응시하고만 있다는 데 대해서였다.

이어 장삼은 퍼뜩 경각했다.

'설마 무형살?'

그러나 곧바로 의문이 뒤따랐다.

'이미 내공이 다 흐트러진 상태인데… 그것이 어떻게 가능
하단 말인가?

12

천주는 가벼운 놀람을 즐기고 있는 중이었다.

불세지살(不世之殺)의 인연자가 그를 겨누고 있다.

공세(攻勢)였다.

그러나 그것은 무형으로 실체가 없는 것이었고, 다만 기세와 같은 것이었다.

그나마도 위력적이거나 날카롭지도 못하여 그저 둔하고 아직 완성되지 않은 그런 기세였다.

그러나 그것에는 사뭇 분명한 의지가 담겨 있었다. 마치 아주 투명한 살기 같은.

그럼으로써 그가 지금 즐기고 있는 가벼운 놀람이란 그 기세가 도대체 어떤 종류의 것인지, 또 어떤 근원을 지니는 것인지에 대한 지극한 관심과 호기심 같은 것이었다.

13

"이것은 혹시 무형살이냐?"

천주가 느긋하게 물었다.

사괴는 천주가 무형살을 아는 것에 대해 언뜻 의문을 느꼈다. 그러나 그는 반문하지도 천주의 물음에 대해 대답하지도 않았다. 그는 다만 집중을 깨지 않는 데만 혼신을 다하였다.

"허허허!"

천주가 문득 허탈하게 웃고 나서 담담히 이었다.

"너희의 능력이 아직 완성되지 못했음이 참으로 아쉽구나.
그러나 간단히 짐작해 보건대, 설령 완성이 되었다고 하더라
도 노부의 기대를 충족시키기는 어려우리라."

사괴는 여전히 반응하지 않았다.

다만 장삼은 천주의 그 말에 대해 순순히 인정이 되는 심정
이었다.

14

'잠재적 위험의 싹을 완전히 잘라 버릴 것인가, 아니면 그
위험의 싹이 나름의 완성을 볼 수 있도록 조금 더 기회를 줄
것인가?

천주는 잠시간의 갈등을 겪고 있는 중이었다. 그의 갈등은
지금 이 자리에 모여 있는 오대불세지연 중의 세 가지에 대한
것이었다.

사실은 그중에서도 결국은 불세지령에 대한 것이었다. 그
것이야말로 그가 아직까지도 완전한 결론을 내리지 못한 미
지의 가능성을 지닌 유일한 것이다.

그러나 그의 갈등은 오래가지 않았다. 그는 결국 후자를 선
택했다. 한 번 더 기회를 주는 것으로. 다만 이번이야말로 정
말로 마지막이었다.

그러한 결정은 그 스스로에 대한 자부였다. 그리고 절대의

자존이었다.

"너희에게 한 번의 기회를 더 주겠다. 아니, 이것은 노부가 누천년 이어져 온 강호의 역사에 대해 걸어보는 마지막 기대이다. 저 아이, 필괴를 살려라. 불세지령은 불사의 능력을 준다고 하였거니와, 또한 오대불세지연과 각각 인연이 닿은 너희라면 능히 저 아이를 살릴 수 있을 것이다. 그리하여 너희의 능력이 완성되고, 또한 저 아이가 진정한 불세지령의 능력을 완성하기를 기대해 보겠다. 만약 노부의 기대가 진정으로 이루어져서 너희가 완성된다면, 그때 노부를 찾아오거라. 그런 때가 오기를 노부는 여생의 마지막 한 가닥 염원으로 삼을 것이니라."

그러나 천주는 차라리 허무해 보였다.

장삼은 천주의 심정을 언뜻 짐작해 볼 수 있을 것 같기도 했다. 절대자로서의 어떤 절실한 외로움 같은 것일까? 지금껏 누구도 올라보지 못한 절대의 경지에 오른 무인으로서 자신의 능력을 확인해 보고 싶은 염원, 혹은 나아가 일종의 집착 같은 것일지도.

그리하여 비록 필괴가 가진 가능성이 희박해졌다고 하더라도, 그럼에도 그에게 약간의 긴장이라도 줄 수 있는 유일한 가능성이기에, 앞으로는 그런 미약한 가능성조차도 기대할 수 없을 것이기에 끝내 그를 살려두고자 하는 것이리라.

또 혹은 이제 영원히 고독에 빠지고 말 그 스스로를 마지막으로 위안하고 싶었는지도 모를 일이었다.

　장삼은 잠깐의 생각을 정리하고 다시금 천주를 바라보았다.

　그러나 그때 천주는 어느 틈엔지 사라지고 없었다.

　장삼은 천천히 필괴에게로 다가갔다. 그리고 필괴의 허물어진 몸을 들쳐 업고 이전에 사괴가 그랬듯이 자신과 필괴를 끈으로 단단히 동여맸다.

　마치 하나의 엄숙한 의식과도 같이 치러지는 장삼의 그 행위를 사괴가 가만히 지켜보고 있었다.

第四部
용(龍), 그리고 검(劍)

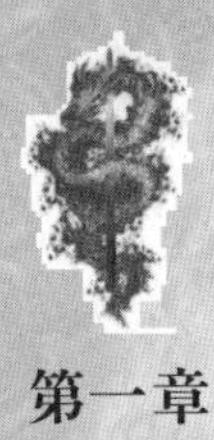

第一章
완성

1

필괴는 나무로 만든 침상 위에 반듯하게 누워 있었다. 죽은
듯이 숨 쉬는 기색조차 없이.

그녀는 가만히 필괴를 내려다보고 있었다.

뾜롱!

뾜로롱!

석옥 바깥으로부터는 이름 모를 새의 울음소리가 간간이
들려오고 있었다.

선유릉이었다, 이곳은.

2

필괴를 만난 이후부터 그녀는 때때로 스스로에게 자문하기 시작했던 것 같다.

지금까지 무엇을 위해 살아왔을까?

이제부터는 또 무엇을 바라고 살아가야 하는가?

필괴를 만나기 이전의 그녀는 그런 것에 대해 한 번도 의문을 가져본 적이 없었다.

그 답이 너무나 당연하고도 명확하다고 생각했기에.

그녀의 선대들로부터 수백 년, 아니, 어쩌면 그보다 훨씬 더 오랜 시간일지 모르는 무참한 세월을 한결같이 이어온 염원이 하나 있었다.

그것은 이윽고 그에게까지 무거운 짐으로 이어졌고, 선택의 여지도 없이 그녀가 살아가는 의무이자 이유가 되어버렸다.

그런데 이상했다.

필괴를 만나면서부터 그 너무나 당연하고도 명확한 답에 대해 문득 회의가 생기기 시작했으니 말이다.

선대들로부터 이어져 왔다고 해서 그것이 내게도 의무가 되어야만 하는 것인가?

왜?

기나긴 세월 동안 오로지 한 가지 염원만을 이어가야 한다는 건 너무도 따분하고 재미없는 일이잖아?

불공평하잖아?

세상 대다수의 사람들이 살아가는 것처럼 때론 다른 방식으로도 살아봐야 하는 거잖아?

최소한 그런 꿈이라도 꿔볼 수 있어야 하는 거잖아?

그래야 진짜로 세상을 사는 거 아니겠어?

그러나 그녀는 아직까지 답을 찾지는 못했다.

다만 끌리듯이 여기까지 오고 말았다.

그녀는 염괴(艶怪)였다.

세상 사람들에게 신비하고 기이한 존재로 여겨지며, 한편으로 경멸의 대상인 신주이대요녀(神州二大妖女) 중의 하나.

3

필괴는 문득 깨어났다.

그러나 그것은 의식이 아닌, 그 이전 단계의, 보다 원천적인 자아의 각성이었다.

아아! 그 한 자루의 마음의 검도 함께 깨어났다.

그것은 밝고 은은하게 빛남으로써 자신이 깨어났음을 알리고 있었다.

그의 자아는 자연스럽게 검으로 전이되었다.

아니, 처음부터 검과 그의 자아는 동일한 존재인 것 같았다.

그리하여 그는 이윽고 한 자루의 빛나는 검이 되었다.

그의 앞에 문득 길이 펼쳐졌고, 그는 자연스럽게 그 길로 들어섰다.

그가 이미 한 번 가보았던 곳까지는 쉽게 밟아갈 수가 있었다.

그는 이내 새로운 길에 도달했다. 그가 한 번도 가보지 않은 낯선 길이었다.

그러나 그는 조금도 두려워하지 않고 계속 걸어 나갔다.

길은 점점 더 넓어졌다.

그는 이제 거침없이 질주하고 있었다.

그리고 그는 점점 더 빛나고 있었다.

깨달음이었다.

찰나의 깨달음이 연속적으로 일어나고 있었다.

그의 마음은 가없이 넓어지고 무한히 깊어져 가고 있었다.

이윽고 그는 더없는 충족과 지극히 안온하고 안돈된 세계에 이르렀다.

그러나 거기서도 그는 멈추지 않고 다시 또 다른 경지로 나아갔다.

그리고 그는 마침내 도달했다.

나도 없고 너도 없는 경지!

지극히 고요하고 무궁히 평화로운 경지!

나아감도 물러남도 없는 궁극의 경지였다.

4

“그 지독한 저주가 나에게서는 마침내, 아니, 반드시 끝나도록 하고 싶었다. 그래서 선대들로부터 이어져 온 염원이 그따위 한낱 환상에 불과할 수도 있는 무슨 전설의 완성 따위에 있는 것이 아니라, 결국은 강호 제패에 있는 것이리라고 새로이 정의를 내렸지.”

염괴는 필괴를 내려다보며 혼잣말을 하고 있었다.

“용호장을 세운 것도 그런 과정의 하나였다. 힘을 키우기 위해서였지.”

나직이 한숨을 불어 내쉬고 난 그녀는 다시 탄식처럼 이었다.

“그러나… 얼마 안 가서 그것이 결코 가능하지 않은 일임을 깨닫게 되었다. 무종계와 단심회, 그리고 무상천으로 이어지는 그 거대한 암중 지배자의 존재에 대해 어렴풋하게나마 눈치를 채게 된 것이지. 이후로 난 오랫동안 좌절에 빠져 지내야 했다. 나 스스로의 운명에 대한 냉소에서 도무지 벗어날 수가 없었지. 후후! 널 만나기 전까지.”

5

필괴는 전라로 화해 있었다.

깨끗하게 닦여진 그의 온몸은 핏기 한 점 없이 너무도 창백하여 영락없이 죽은 자의 시신이었다.

"훗!"

가벼운 실소는 염괴의 것이었다.

"너를 만나기 이전까지 난 한 번도… 단 한 번도 나 스스로의 정체성에 대해 고민해 본 적이 없다. 아니, 굳이 선택해야만 할 경우가 생긴다면 그나마 남자 쪽이리라 생각했다. 그러나 너를 만난 뒤부터 조금씩 혼란스러울 때가 있었다. 여자가 되는 것도 굳이 못할 일은 아니라는 생각도 해보게 되었고, 이윽고는 여자로서의 내가 더 잘 어울릴 수도 있겠다는 생각까지 해보게 되었지."

염괴의 목소리는 조금 떨려 나오고 있었다. 그리고 그녀는 문득 격해졌다.

"사실 이것은 내가 가진 최후의 수단이다. 그러나 성공할 가능성은 차라리 희박하다. 그럼에도 하지 않을 수 없는 것은 이것이 너를 살릴 수 있는 유일한 방법이기 때문이다."

이어 그녀는 다시 결연해졌다.

"성공하면 너는 살 수 있을 것이되, 실패한다면 내 몸에 잠재되어 있는 천 년 내공이 우리 둘을 일시에 태워 버리고 말 것이다. 곧 너와 나는 함께 죽는 것이다. 그러나 성패에 상관없이 네게는 어떤 짐도 지우지 않으리라. 너는 나에게 고맙다는 마음도, 미안하다는 마음도 가질 필요가 없다. 아니, 나를 기억하지 않아도 좋다. 네가 살아난다면… 그때 이 일은 네게… 몹시도 수치스러워서 떠올리기조차 싫은 괴로운 기억이 될 것이니 말이다. 다만 나는… 잠시나마 진정한 여자가 되어보았다는 것만으로도… 만족할 것이다.”

염괴는 빠르게 필괴의 몇 군데 혈을 짚었다.

순간 죽은 듯이 누워 있던 필괴의 한 부분이 살아났다. 전혀 의식이 없는 중인데도 기이하게도 몸의 그 한 부분만이 빠르게 살아나며, 이윽고는 강건한 힘으로 단단히 뭉치는 것이었다.

6

사괴는 석옥 밖에 서 있었다.

우두커니 선 그에게서는 절망적인 비애가 무겁게 흐르고 있었다.

“윽!”

석옥 안에서 나직하나 지극한 고통을 호소하는 단음(短音)이 흘러나왔다.

순간 사괴는 가까스로 움켜잡고 있던 스스로의 한계를 놓쳐 버리고 말았다.

한계가 가두고 있던 것은 극렬한 분노와 증오였다.

그것들은 걷잡을 수 없이 폭주하기 시작했고, 이윽고는 극단의 살기로 응축되어 갔다.

그러나 그것은 이내 또 다른 장벽에 가로막히고 말았다.

지독한 허무의 벽이었다.

당장 미치거나 죽고 말 듯한 허무의 공백.

그는 한 사람을 갈구하지 않을 수 없었다.

그가 위안을 찾을 수 있었던 유일한 사람.

그 사람이 더 이상은 그에게 위안을 주지 못한다는 것을 알면서도,

이대로는 결국 파멸로 치달을 수밖에 없다는 것을 알면서도,

그것은 도저히 끊을 수 없는 지독히도 견고하고 질긴 집착이었다.

그런데 그때였다.

그의 내부에서는 잇달아서 또 한 가지의 기이한 욕구가 새로이 생겨나고 있었다.

그의 집착이 다시 다른 한 사람에게로 연결되고 있었다.

그것은 아마도 그 스스로의 파멸을 피하기 위해 어쩔 수 없이 생겨난 대체적인 욕구일지도 몰랐다.

그렇더라도 그는 감히 거부하지 못했다.

그리고 그가 모든 것을 수용하는 순간,

콰앙!

그의 머릿속에서 마치 거대한 종이 울리는 것 같았다.

그것은 그의 내부에 극단의 충격을 파생시켰다. 그리고 그의 모든 것을 소멸시켜 버렸다.

그는 돌연히 극단의 순백과 순수로 빠져들고 말았다.

아아! 그것은 절대의 무심(無心)이었다.

맹목의 무심이 아니라 오히려 완벽한 평상심의 경지!

마음의 변화에 대해 섬세하고 충실하되, 그럼으로써 차라리 그 변화로부터 자유로워지는 경지!

그것이야말로 바로 무심결(無心訣)의 본연(本然)이었다.

7

염괴의 내부에서는 천 년 내공이 소용돌이 치고 있었다.

그녀만이 가지는 기질적 특성과 가문 비전의 심결(心訣)로 단전과 전신 대혈, 그리고 미세 경락에까지 치밀하게 나누어 축적시켜 놓았던, 그야말로 천 년의 세월이 고스란히 축적된 산물이다.

그녀는 그것을 조심스럽게 필괴의 몸으로 밀어 넣었다.

필괴가 그중의 얼마만큼이나 수용할 수 있을지는 그녀로서도 예측할 수 없었다. 그러나 자칫 넘치기라도 한다면 모든 게 허사가 될 것이다.

그런데 그때였다.

돌연 그녀의 내공이 썰물처럼 빨려 나가고 있었다.

필괴였다. 그가 지금 마치 가뭄에 바짝 마른 땅바닥에 물을 흡수하듯이 그녀의 내공을 거침없이 빨아들이고 있었다.

그녀의 거대하고 도도하던 천 년 내공이 소진된 것은 실로 순식간이었다.

그녀는 곧바로 극심한 탈진을 느꼈다.

전혀 예상하지 못했던 내공 전이의 경악스러운 속도로 인해 그녀는 내공의 흐름을 차단할 적정한 시점을 놓치고 말았다.

이윽고 필괴는 그녀의 진원지기까지 마지막 한 방울도 남기지 않고 빨아들일 기세였다.

그녀는 차라리 포기를 했다. 오히려 만족스럽게 미소를 지으며 최후를 기다렸다.

8

"아아!"

필괴는 탄성을 흘리고 말았다. 거대한 희열의 파도가 그를 집어삼키고 있었다. 의식이 아닌 몸으로부터 비롯된 희열이었다.

동시에 그는 노닐고 있던 궁극의 경지에서는 저절로 벗어나고야 말았다.

아쉬웠다.

그러나 그는 그것조차도 담담히 받아들였다.

그의 입가에는 희미하게 한 가닥 미소가 걸렸다. 초탈의 미소였다.

대하(大河)와도 같은 막대한 힘이 그에게로 흘러들어 오고 있었다.

그리고 의식과는 달리 여전히 죽은 것이나 마찬가지이던 그의 육신이 저절로 반응하여 깨어났다.

혈룡 또한 깨어났다.

외부로부터 흘러들어 온 그 거대한 힘이 작고 희미한 점으로 응축되어 있던 혈룡을 되살리고 있었다.

혈룡은 대번에 자라나더니 이내 한 마리 거대한 핏빛 용이 되었다. 그러고는 천지를 떨어 울릴 듯이 포효하며, 아아, 아득한 공간으로 승천해 올랐다.

혈룡은 자유로워졌다. 더 이상 그에게 묶이거나 구속되지 않게 되었다.

이제 그와 혈룡 사이에는 한 가닥 교감만이 연결되어 있었다.

더하여 혈룡은 유순해졌다.

그것은 승복이었다. 혈룡 스스로의 거대함 정도로는 도저히 비교조차 할 수 없을 만큼 가없이 거대한 어떤 존재에 대한.

검이었다. 그 한 자루 은은히 빛나는 마음의 검은 그 한 마리 거대한 혈룡을 능히 포용하고 있었다.

혈룡의 존재가 한순간 흐트러졌다. 사라진 것은 아니었다. 그 거대한 힘은 온전히 그에게로 합일되었다.

그리고 그는 저절로 알 수 있었다. 그 한 자루 마음의 검이 마침내 완성되었음을.

이제 그는 온전히 검이었고, 검 또한 온전히 그였다.

그의 의식은 아직껏 무심무아의 경계 근처에 머물러 있는 중이지만, 그렇더라도 그는 잠깐의 감회에 젖지 않을 수 없었다.

뭐랄까? 그의 마음의 밭에서 그 한 자루 검이 그가 모르는 사이 어느 틈에 다 자라 있는 듯한 느낌이랄까?

밭의 작물이 햇빛과 공기와 흙과 물 등의 신묘한 조화로 어느 순간인지 모르게 다 자라서 뿌리와 가지에서 풍성한 수확이 열리는 것처럼, 그의 심검 또한 그의 마음의 밭에서, 그의 심전(心田)에서 저도 모르는 사이에 저절로 완전해진 것이다.

그는 이윽고 온전히 깨어났다. 의식과 육신 모두.

그러나 그는 눈을 뜨지는 않았다.

내부의 충만한 느낌에 그대로 안주해 있고 싶었다.

9

염괴는 전율을 느꼈다.

놀라운 일이 벌어지고 있었다.

거의 소진되었던 내력이 돌연히 그녀에게로 되돌아오고 있었다.

아니, 그것은 그녀가 필괴에게 주었던 내력과는 사뭇 달랐다.

전혀 다른 성질의 기운이었다.

그녀가 타고난 특이 기질과 또 천하에서 가장 사이(邪異)하고 가장 편벽(偏僻)한 비결에 의지하여 억지로 축적시켜 놓았던 역리(逆理)의 천 년 내공이 아닌, 더할 수 없이 순수하고 안돈된 순정지기(純精之氣)였다.

순정지기는 빠르게 그녀의 단전으로 흘러들었다.

그리고 그녀의 단전은 이내 정순한 내력으로 가득 채워졌다. 더 이상 찰 수 없을 정도로.

'아아!'

그녀는 소리없는 환호를 내질렀다.

전혀 상상치도 못하게 인간이 가질 수 있는, 아니, 정확하게는 인간이 온전히 운용할 수 있는 극한의 내공 정화를 가지게 된 것이다.

그런데 필괴로부터는 계속해서 순정지기가 흘러들고 있었다. 그녀에게서 흡수해 갔던 천 년 내공만큼의 순정지기를 고스란히 되돌려 보내려는 모양이었다.

그렇다면 그녀가 이제 십 갑자 육백 년의 순정지기를 받았으니 아직 사백 년의 순정지기가 더 넘어올 수도 있는 일이었다.

그러나 그녀에게는 더 이상 소용이 없었으니, 그녀는 재빨리 그 잉여의 순정지기를 소중히 쓸 용처를 찾았다.

다행스러운 것은 그녀가 이제 그렇게 할 능력을 가지게 되었다는 점이다.

그녀는 잉여의 순정지기를 임시로 허공중의 공간을 만들어 갈무리하였다.

그리고 마침내 필괴로부터 흘러들던 순정지기의 흐름이 끝났을 때, 과연 그 양은 사백 년 정도에 해당하였다.

그녀는 그 잉여의 순정지기를 다시 한 가닥의 열류(熱流)로 만들어 석옥 바깥으로 내보냈다.

10

무심결(無心訣)의 본연(本然)에 들어 있던 사괴는 한순간 흠칫 경악하고 말았다.

석옥 안으로부터 한 가닥의 열류가 뻗어 나오더니 곧장 그의 몸을 열고 들어온 것이다.

그러나 그는 거부할 수가 없었다.

차라리 이대로 죽을지언정 천고의 기연으로 다다른 무심

결을 깨뜨리고 싶지는 않았다.

그런데 그 한 가닥의 열류는 더할 수 없이 순수하고 안돈된 순정지기였다.

한순간 그의 몸이 저절로 허공으로 부상했기에 그는 힘겹게 가부좌를 틀었다.

그때였다.

그가 겨우 유지하고 있던 무심결의 본연 속으로 또 하나의 경계가 스며들고 있었다.

아아! 그것은 무한의 살기였다.

무심결의 본연과는 극단의 이질(異質)이 되는 기운이었다.

순백과 순수, 그리고 무한 살기의 공존이었다.

그러나 완벽한 공존이었다.

이윽고 그는 형언할 수 없는 희열을 느꼈다.

아아! 그것이야말로 무형살이었다. 완전한 단계의 진정한 무형살!

11

필괴는 가만히 눈을 떴다.

순간 그의 눈에서는 언뜻 기이한 홍광(紅光)이 투명하게 빛났으나 이내 사라졌다.

눈을 뜨고도 그는 감히 움직이지 못했다. 그의 몸 위에 포개진 채로 깊이 잠들어 있는 여인 때문이었다.

길게 늘어뜨려져 찰랑거리는 여인의 칠흑 같은 머릿결이 그의 살갗을 간질였다.

그 사이로 조금 보이는 동그란 어깨선.

그리고 백옥처럼 은은히 빛나는 살결.

얼굴을 볼 수는 없었지만, 아아, 그는 알 수 있었다. 아니, 느낄 수 있었다.

바로 그녀란 것을.

우은소!

바로 그녀였다.

도무지 이해할 수 없는 일이었다.

그녀가 어떻게 지금 여기에 이런 모습으로 있는지.

그러나 그녀와 그 사이에 무슨 일이 벌어졌는지는 알 수 있었다.

적어도 그녀가 자신의 모든 것을 그에게 주었다는 것을!

그는 가만히 숨을 불어 내쉬었다. 아주 조심스럽게. 그녀가 깰까 보아.

12

우은소는 흠칫 놀라며 잠에서 깨어났다.

그리고 그녀가 처해 있는 상황에 대해 새삼 크게 당황스러워지고 말았다.

그러나 다음 순간 그녀는 그만 피시시 웃음을 흘리고 말았
다.

필괴 때문이었다.

그녀와 눈이 마주친 그는 화들짝 놀라며 두 눈을 꽉 감았
다.

그런 채로 굳어서는 감히 숨도 제대로 쉬지 못하는 그의 얼
굴을 그녀는 한결 여유있게 살필 수 있었다.

한편으로 그녀는 감탄하지 않을 수 없었다.

한층 뚜렷해진 오관, 칼날처럼 쭉 뻗은 검미, 그리고 무엇
보다 티 하나 없이 어린아이의 그것처럼 맑아진 그의 피부에
서는 은은한 광채가 도는 듯했다.

그렇게 그는 과거의 필괴와는 크게 달라진 모습이었다. 사
뭇 낯선 느낌이 들 정도로.

그러다 그녀는 문득 그의 머리 부근 바닥에 떨어진 무언가
를 발견했다.

허물이었다, 얇게 벗겨진.

13

석옥의 문이 열리며 가만히 안으로 들어서는 사람이 있었
다.

낯선 여인이었다.

그러나 여인의 옷은 분명 사괴의 것이었다.

"혹시 사괴?"

우은소가 놀라며 조금은 조심스럽게 물었다.

여인이 고혹스럽게 웃었다.

그런데 순간 놀랍게도 여인의 모습이 확연히 변했다. 무어라고 표현하지 못할, 절세의 미태가 피어나고 있었다. 한 송이의 눈꽃처럼 차갑게, 그러나 더할 수 없이 화사하게.

여인의 미소는 이내 거두어졌다.

그리고 동시에 여인의 신비로운 미태 또한 살그머니 숨어버렸다.

그러자 여인은 다시 무표정하며 무심하다는 느낌을 우선적으로 가질 수밖에 없는, 그럼으로로써 무언지 모를 서늘한 그런 느낌으로 돌아갔다.

실로 마법 같은 변화였다. 여인은 다만 작고 희미한 표정 변화 하나로 그런 마법을 빚어낸 것이다.

14

필괴는 어색해지고 말았다.

장삼과 사괴는 어디로 가고 난데없이 절세미녀들이 나타났단 말인가?

그러나 그는 묻지 않았다.

묻지 않아도 대강의 사실을 짐작할 수 있을 것 같았다.

비록 전혀 다른 모습이라고 해도, 그녀들은 그가 이미 알고 있는 어떤 사람들의 느낌을 상당 부분 그대로 지니고 있었으니까.

몹시 당혹스러웠지만 수긍할 수밖에 없는 일이었다.

그 자신 또한 이제 더 이상은 필괴가 아닌 것을.

15

세 사람은 이미 한동안이나 침묵을 지키고 있는 중이다.

침묵이 끝도 없이 이어질 듯하더니 우은소가 문득,

"너는……."

하고 입을 뗐다. 그러나 그녀는 곧바로 애매한 기색으로 되며,

"당신은……."

하고 말을 고쳤다. 그렇지만 그녀는 이번에도 말을 잇지 못하고 멈칫거렸다.

그때 필괴가 담담히 말했다.

"나는 이심전이오!"

차분한 한마디였다.

그러나 그의 그 짧은 한마디에서 그녀는 비로소 마음을 추

스를 수 있었다.

그랬다. 그가 지금 스스로를 이심전이라고 했으니, 그것은 곧 그가 더 이상 필괴가 아닌 새로운 사람이라는 의미였다. 아니, 그의 짧은 한마디에 분명 그런 뜻이 담겼으리라고 그녀는 믿기로 했다.

그럼으로써 그녀는 이심전이라는 사람과 새로운 관계를 시작해 볼 용기를 가질 수 있었다.

"당신은 내게 섭섭하지 않나요?"

그녀의 그 물음에 이번에는 필괴, 아니, 이심전이 설핏 당황하는 빛이 되고 말았다. 그러나 그는 곧바로 차분하게 반문했다.

"무엇이 말이오?"

"나의 실체를 숨긴 채… 결국은 나의 목적을 위해 당신을 이용하려고 했던 의도가 없지는 않았던 것인데… 그러한 점에 대해서 말이에요."

이심전은 생각을 정리하는 듯이 잠시 침묵을 지켰다. 그리고 천천히 말을 꺼냈다.

"당신이 뜻하는 바를 다는 이해하지 못하겠지만, 그리고 당신이 어떤 사람인지에 대해서도 이제야 어느 정도 짐작하게 되었지만, 만약 내가 진작 그 모든 것을 다 알았다고 해도 나는 지금까지의 나와 크게 달라지지는 않았을 것이오."

그 말에 그녀가 또한 잠시간 묵묵히 이심전의 눈을 마주 바

라보고만 있었다. 그러다 이윽고 잔잔한 표정으로 되며 그녀
가 말했다.

"혹시 오늘 나와 있었던 일 때문이라면… 당신은 조금도
부담 가질 필요가 없어요. 나는 당신을 위해서라기보다는 그
저 나 자신의 의지에 따라 행했을 뿐이니까요. 그리고 이제
나의 길을 떠날 생각이에요. 당신이 나에 대해 알게 되었으
니… 당신이 부담스럽게 느끼기 전에… 그리고 또한 나 스스
로 그렇게 되기 전에……."

이심전이 가만히 한숨을 내쉬고 나서 말했다.

"만약 내가 당신에게 잘못한 것이 있다면 감히 당신을 잡
을 수 없겠지만… 그런 것이 아니라면 나는 당신이 나와 함께
있어주길 바라오."

순간 그녀는 노려보듯이 이심전을 응시했다.

"어째서죠? 설마 내가 누군지 아직도 모른단 말인가요? 내
가 바로……."

이심전이 그녀의 말을 가로챘다.

"그렇소. 난 당신이 누구인지 아직까지도 잘 모르겠소. 그
래서 솔직히 당황스럽고 혼란스럽소."

이심전은 별안간 격정적으로 변한 것 같았다.

그녀가 멍한 심정이 되어 그를 바라보기만 하고 있는데, 이
심전의 목소리가 더욱 격해졌다.

"그러나 내가 확실하게 알고 있는 것이 있소. 그것은 바

로… 당신이야말로 진정으로 나를 이해해 주었고, 공감해 주었으며, 이윽고는 나를 위해 당신 스스로를 기꺼이 희생했다는 것이오.”

그녀는 아무 말도 할 수가 없었다.

이심전의 목소리가 다시 차분해졌다.

“돌이켜 보건대 내가 슬프고 괴롭고 어려울 때마다 당신은 늘 나와 함께 있었소. 당신이 그렇게 했듯이 나 또한 당신의 모든 것을 다 받아들일 것이오. 당신에게 내가 모르고 있던 어떤 부끄러움과 욕됨이 있다면 그것까지도.”

순간 그녀는 이상한 느낌에 크게 당황하고 말았다. 갑자기 두 눈이 촉촉하게 젖어 드는 것 같았다. 처음이다, 이런 이상한 느낌은.

16

“흥!”

별안간 나직한 코웃음을 터뜨린 것은 사괴였다.

“이제 보니 당신은 얼굴만 그럴듯하게 변한 게 아니라 말재주 또한 아주 매끄럽게 변했군요?”

이어 하는 말에서 사괴의 목소리와 말투는 이전에 비해 사뭇 달라져 있었다. 우은소와 이심전이 언뜻 낯선 느낌을 가지기에 충분할 만큼.

그러나 분명 차갑게 쏘아붙이는 말투인데도 막상 사괴의 모습은 너무도 고혹적이었다.

그리하여 우은소와 이심전은 이윽고 당황스럽고도 애매한 표정이 되고 말았다.

"우리 세 사람은 여전히 일로방인가요?"

사괴의 그 물음이 또한 미처 생각지 못했던 것이었기에 우은소와 이심전은 새삼 당황하고 말았다.

사괴의 눈길이 똑바로 이심전을 향했다.

"일로방은 이제 해체되는 건가요?"

그 차가운 재촉에 이심전이 생각할 여지도 없이 고개를 가로저었다.

사괴가 틈을 주지 않고 다시 물었다.

"그럼 당신은 여전히 일로방주인가요?"

이심전이 이번에도 곧장 고개를 끄덕였다.

"흥!"

사괴가 차갑게 코웃음을 날렸다. 이심전의 그런 모습에 대해 못마땅하다는 듯이. 이어 그녀는 우은소를 향하며 물었다.

"당신은요? 당신도 여전히 일로방의 총당 당주인가요?"

"난… 나는……."

우은소가 애매한 심정으로 되고 마는데, 사괴는 숫제 몰아세우다시피 했다.

"뭘 그렇게 우물대는 거죠? 내가 대신 당신 마음을 말해볼

까요?"

우은소가 다시 의아한 빛이 되고 말 때, 사괴가 날카롭게 이었다.

"나중에야 어찌 될지 알 수 없는 노릇이더라도 지금 당장은 일로방을 떠나고 싶지 않은 거죠?"

"그게……."

"그래요, 안 그래요?"

이젠 아주 노골적으로 우격다짐을 하듯이 하는 사괴에 대해 우은소가 짐짓 주눅이 든 듯이 움츠리는 모양새로 고개를 끄덕이고 말았다.

그에 사괴가 압박하던 기세를 얼마간 풀고는 가볍게 어깨를 으쓱대면서 말했다.

"일로방은 자유로운 곳이에요. 서로 간의 구속이라는 건 없고, 그냥 방도 서로 간의 정과 의리로 맺어지죠. 언제든 싫다고 말하면 나갈 수 있는 곳이고, 반대로 스스로 싫다고 말하기 전까지는 끝까지 일로방도인 거죠."

"훗!"

이심전이 이윽고는 참지 못하여 실소를 흘리고 말았다.

우은소가 또한 피식 웃음을 흘리고 말았는데, 예전에 그녀가 사괴를 일로방에 끌어들일 때 했던 말 그대로였기 때문이다.

사괴가 날카롭게 이심전과 우은소를 쏘아보고는 한결 차

분해진 어조로 이었다.

"사실은 나 또한 계속 함께 있을 생각은 아니에요. 다만 아무래도 아직까지는 혼란스럽고… 확실해지지 않은 것이 몇 가지 있기에 잠시간의 시간을 좀 더 가져보고자 하는 것이죠. 당신들도 어느 정도 나와 비슷한 상황일 것이라고 생각해요. 그러니 우리는 함께하는 시간을 조금 더 가져 보도록 해요. 그러다 보면 저절로 자연스럽게 모든 것이 정해지겠죠. 그렇게 생각하지 않나요?"

우은소가 가만히 고개를 끄덕였다.

사괴가 다시 물었다.

"당신의 진짜 이름은 뭔가요?"

"우은소!"

우은소가 선선히 대답하자, 사괴는 조금 작아진 목소리로 가만히 말했다.

"난… 설리(雪利)예요!"

"설리? 설리!"

우은소가 가만히 되뇌었다. 사괴가 아닌 설리. 여인 설리.

설리는 처음으로 남에게 불리는 그 이름이 몹시 어색한지 묘한 표정을 짓고 있었다.

우은소가 가만히 미소를 떠올렸다. 한결 밝아 보이는 미소였다.

설리 또한 미소를 떠올렸다.

이심전은 가만히 미간을 좁히고 말았다. 두 절세미녀의 화사한 미태에 눈이 부시는 듯했기에.

17

우은소는 바닥에서 허물을 주워 모았다. 이심전의 얼굴에서 벗겨져 나온 것으로 보이는 것들이다. 그녀가 그것들을 대강 겹쳐서 이심전의 얼굴에 대보며 말했다.

"이렇게 하니 이제야 좀 익숙한 것 같네요."

이심전은 담담하게 웃기만 하였다.

우은소는 즉석에서 간단한 약물 처리를 하여 허물로 작은 면구 세 개를 뚝딱 만들어내는 재주를 선보였다. 양 뺨을 겨우 가리는 정도의 작은 크기들이다.

이어 우은소가 면구 중 한 개에다 역용할 때 쓰는 접착제를 바르고 이심전의 얼굴에다 붙이려 하자, 이심전은 순순히 얼굴을 내주었다.

그런 두 사람의 모습을 가만히 지켜보고 있던 설리가 이심전에게 타박을 주듯이 말했다.

"그렇게 하고 보니 참으로 못생긴 얼굴이네요."

우은소가 가볍게 실소하고는 간단히 동조했다.

"그러게."

그때쯤 두 여인은 아주 자연스럽게 말을 높이고 낮추는 모양새가 되어 있었는데, 마치 친자매 간 같아 보이기도 했다.

그때, 우은소가 면구 하나를 갑자기 설리의 얼굴 쪽으로 들이대는 시늉을 했고, 설리가 깜짝 놀라 비명을 질렀다.

"어멋!"

그런데 놀랍게도 비명 소리와 동시에 설리는 어느 틈에 석옥 내부의 가장 먼 구석에 가 있는 것이었다.

우은소는 절레절레 고개를 젓고 말았다. 설리의 움직임이 얼마나 신출귀몰했던지 도대체 어느 순간에 어떤 수법으로 움직였는지 도무지 알아채지 못했기 때문이다. 참으로 귀신 같은 재주였다.

그러나 우은소는 이내 실소하고 말았다. 기껏 한 장의 작은 면구 때문에 징그러워 죽겠다는 듯이 아주 진저리를 치며 소스라치는 표정을 짓고 있는 설리의 모습에.

우은소는 짐짓 정색을 했다.

"면구를 세 개 만든 것은 우리 세 사람이 함께 착용하려는 것이었는데… 네가 이처럼 질색을 하니 어쩔 수가 없구나. 네 것은 버리도록 하겠다."

그때였다. 설리가 또 어느 새 우은소의 곁으로 다가와 있었다. 한 가닥 미풍도 없이. 그러나 그녀는 오만상을 찌푸린 채였다.

"어째 마음이 바뀌었느냐?"

우은소가 짐짓 놀리듯이 묻자, 설리는 새침하게 대답했다.

"두 사람이 하는 걸 나 혼자만 하지 않을 수는 없는 노릇이지요."

우은소가 빙그레 웃고 나서 곧바로 설리의 얼굴에다 면구를 붙여주었다. 그리고 그녀는 문득 감탄을 금치 못했다.

면구가 설리의 절염한 미태를 일부분 가리긴 했으나, 그것으로 인해 다시 절묘한 작용을 일으키고 있었던 것이다. 즉, 설리의 미태가 원래 가지고 있던 무심의 조화가 깨뜨려지면서 오히려 기이하게 사람을 매료시키고 마는 묘한 매력을 만들어내고 있었던 것이다.

우은소가 이윽고는 한숨을 내쉬고야 말았다.

"휴! 아무래도 너 때문에 앞으로 골치를 좀 썩어야 할지도 모르겠구나."

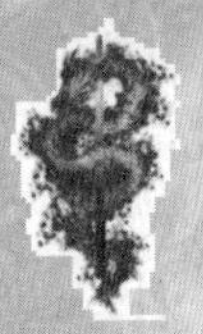

第二章
평온

1

　"가만 생각해 보니 모든 것이 다 부질없기만 하다. 우리는 차라리 강호를 떠나 아무도 모르는 곳으로 숨어버리는 것이 어떨까?"

　불쑥 뱉는 우은소의 말에 대해 설리는 대답하지 않았다. 그러나 그녀의 표정은 우은소의 말에 대해 어떤 공감을 표시하고 있었다.

　필괴 역시 대답하지 않았다.

　사실은 우은소도 설리도 알고 있었다. 그녀들이야 그동안에 가져왔던 원(願)이나 업(業)이라고 할 것들이 이제에 와서는 이미 이루어졌거나 혹은 그 본래의 의미가 퇴색되어 버렸다고 할 수도 있겠으나 이심전은 아직 그렇지 못하다는 것을.

또한 그녀들은 이심전이 이루지 못한 업이 무엇인지에 대해서도 이미 구체적인 것까지 잘 알고 있었다.

이심전의 남은 업은 두 가지였다.

하나의 복수와 하나의 부탁!

복수는 능요운을 죽이는 것이다.

그리고 하나의 부탁은 초혜의 마지막 부탁이다. 바로 그녀의 할아버지, 그 옛날 황촌의 촌장을 구해달라는.

그 두 가지의 업을 풀기 전까지 이심전은 결코 강호를 떠날 수 없는 것이다.

그가 지금 당장 강호로 나가지 않고 있는 것은 우은소와 설리의 바람이기도 한 지금의 이 평화를 포기하고 싶지 않기 때문은 결코 아니었다.

그는 다만 함부로 움직이지 못하고 있는 것이었고, 그 이유는 바로 초혜의 조부 때문이었다.

사실 우은소는 감히 자신할 수 있었다. 능요운 하나만을 목표로 하여 노리고자 한다면 그가 아무리 무상천이라는 거대한 힘을 업고 있다고 해도 무슨 방법을 써서라도 그를 죽일 수 있으리라고.

그들 셋의 힘이라면 말이다.

특히 이심전이 이미 어떤 완성의 경지를 이루었다는 것을 우은소는 익히 짐작하고 또한 믿고 있었다.

다만 문제가 되는 것은 역시 능요운의 수중에 떨어져 있는 초혜의 조부 안위 때문일 것이다.

우은소는 용호장에 연락을 넣었다. 무상천의 동향을 면밀히 살필 것과 더불어 긴급하게 한 사람의 행방을 찾을 것을 지시한 것이다.

그런 중에도 선유릉의 평화로운 일상은 마치 꿈결인 듯이 잔잔히 흐르고 있었다.

2

이심전이 보기에 설리는 우은소와 친밀하게 지내는 듯하면서도 한편으로는 묘한 반발 같은 것을 품고 있는 듯했다. 그 사정을 자세하게 알 수는 없는 노릇이지만, 어쨌든 두 사람 사이에는 모종의 어떤 내막이 있는 것만 같았다.

설리는 우은소에게 친자매 간처럼 살갑게 대하다가도 갑자기 반발하거나 변덕을 부리곤 했는데, 방금만 해도 그랬다.

우은소가 설리에 대해 하대하는 것은 처음부터였고 설리 또한 자연스럽게 받아들여 왔는데, 설리는 지금 그것에 대해 갑자기 문제를 제기하고 있었다.

"이제 당신의 진정한 모습을 알고 난 이상 나도 예전과 같은 대우를 계속 받고 싶지는 않아요. 우선 당신의 그 하대부터 좀 고쳤으면 좋겠어요."

갑작스러운 트집이었다. 그러나 한편 생각해 보면 아주 일리가 없는 것도 아니긴 했다.

우은소와 설리의 나이 차이래야 기껏 이십대 중반과 초반 정도의 차이이니 두 사람 간에 양해와 공감이 있지 않은 바에야, 더욱이 우은소가 설리에 대해 '너!' 하는 식으로 호칭하며 너무도 명백할 정도의 하대를 하는 것은 사뭇 지나치다고도 볼 수 있었다.

"재미있는 얘기 하나 해줄까?"

우은소가 담담히 말을 꺼낸 데 대해 설리는 찬바람이 나도록 냉랭한 표정이다.

그러나 우은소는 엷게 미소를 떠올리며 말을 이었다.

"우리 혈족은 불세지력의 비결을 얻어 대대로 내공을 후대에 물려왔는데, 천 년 내공을 한 사람의 몸에 담은 지는 이미 수백 년도 더 이전이지. 그런데 제대로 활용하지도 못하는 천 년 내공을 몸 안에 담고 살아가야 한다는 것은 축복이기보다는 저주였어. 지나치게 천천히 늙고 너무 오래 살게 되었거든."

"지금 무슨 얘기를 하려는 거죠?"

설리가 고운 아미를 찌푸리며 물은 데 대해 우은소가 빙그레 웃으며 받았다.

"네가 생각하는 것보다는 내 나이가 훨씬 많다는 것이고, 그럼으로써 네게 충분히 하대를 할 만하다는 얘기를 하고 있는 것이지.”

“흥!”

설리가 짐짓 차갑게 코웃음을 쳤다.

그에 대해 우은소가 문득 미소를 거두며 나직이 말했다.

“우리 혈족이 염괴로 불리어 온 세월이 팔백 년째. 나는 사대(四代)째 염괴이지.”

순간 설리가 흠칫 놀라는 모습이 되고 마는데, 우은소가 다시금 담담한 미소를 떠올리며 이었다.

“그렇다면… 당금 강호에서 내가 하대를 하지 못할 사람이 몇이나 존재할까?”

이심전도 설핏 놀라는 기색이다. 그러나 그는 이내 담담한 빛으로 돌아갔다.

3

한 사람이 선유릉을 찾아왔다.

우은소는 그 사람이 올 줄 미리 알고 설리를 내보내 그를 선유릉 안까지 안내하도록 했다.

그 사람은 바로 중걸자였다. 우은소가 용호장에다 긴급히 찾도록 지시해 둔 사람이 바로 그였다.

중걸자는 설리의 안내를 받는 중에 그녀의 절세의 자태, 미추(美醜)의 부조화에서 오는 기묘한 절염(絶艶)에 내내 넋을 빼앗기고 말았다. 그녀의 안내를 받아 계곡을 건너고 또 절벽을 오르면서도 그 천혜의 험지(險地)에 대해 감탄할 여유도 가지지 못했을 정도로.

이윽고 이심전을 만났을 때, 중걸자는 그에게서 필괴의 모습을 전혀 찾지 못하였다. 그리하여 그는 그와 필괴가 공유하고 있는 몇 가지의 기억을 맞춰보고 나서야 비로소 이심전이 바로 필괴임을 확인할 수 있었다.

그런 지경이니 중걸자가 우은소에게서 장삼을 알아볼 수는 없는 일이었고, 다만 그녀의 절세 미모에 눈부셔 할 뿐이었다.

우은소 또한 자신이 장삼이었다는 사실이 밝혀지기를 원하지 않았다. 이심전과 설리를 제외한 세상의 누구에게도. 이제부터는 오로지 우은소로서만 살고 싶은 것이 그녀의 마음이었다.

중걸자 또한 예전과는 신분에 변화가 있었다. 그는 개방의 공식적인 차기 방주 신분, 즉 후개(後)가 되어 있었다.

결방과 궁가가 통합하여 부활을 이루어낸 개방에서 소수 세력인 궁가 출신의 중걸자가 후개가 된 데는 궁가의 지지 외에 풍검개 등 결방 출신 원로들의 전폭적인 지지가 있은 데다, 방주 추룡개 또한 대국적인 견지에서 방 내의 여론을 과감히 수용한 결과라고 했다.

4

우은소는 중결자에게 도움을 요청했다. 즉, 과거 황촌의 화산 폭발 당시의 생존자들이 있는지 좀 찾아봐 달라는 것과, 특히 촌장의 생사 여부를 꼭 확인해 달라는 것에 대해서였다.

동시에 무상천의 능요운이 과연 촌장의 일신을 확보하고 있는지, 그렇다면 촌장이 어디에 어떤 상태로 있는지에 대해서도 조사를 해달라고 요청했다. 어렵겠지만 그러한 사항들이 확인되고 나서야 이심전이 움직일 수 있을 것이란 설명과 함께.

그런데 그런 과정에서 중결자가 우은소에 대해 우선적으로 분노를 느끼지 않을 수 없는 것이 있었으니, 바로 그녀의 거침없는 말투에 대해서였다.

분노를 느꼈다기보다 중결자는 차라리 당황스러웠다. 아무리 눈이 부실 정도의 절세미녀라고는 하지만, 그래도 그보다 몇 년은 아래로 보이는 여인의 말투가 너무나 거침이 없었다.

중결자가 이윽고는 치미는 화를 참을 수가 없게 되었고, 그리하여 한소리 호통을 뱉으려는 순간이었다. 문득 다가드는 서늘한 느낌에 그는 꿀꺽 호통을 삼키고 말았다. 그러자 그 서늘한 느낌은 곧바로 감쪽같이 사라졌다.

그 느낌이 무엇인지는 확실치 않았다. 그러나 분명한 것은 그 느낌이 설리라는 또 한 사람의 절세미인으로부터 비롯된 것이고, 결정적으로는 그 한 번의 느낌만으로도 그녀가 그로서는 감히 감당하지 못할 능력자라는 경각이 본능처럼 확 일어났다는 것이었다. 거지로서 세상의 쓴맛 단맛 다 본 처지에 특히 그런 경각에 대해서는 맹신에 가까운 믿음을 가지고 있는 그였다.

"소저께서 보잘것없는 이 거지를 찾은 것은 결국 개방의 힘이 필요했기 때문이겠지요?"

사뭇 정중해진 중걸자의 태도에 우은소가 담담히 웃으며 고개를 끄덕였다.

중걸자가 힐끗 설리를 한번 보고 난 다음 다시 말을 이었다.

"한데… 이 거지 혼자서 할 수 있는 일이라면, 그리고 그것이 필 형을 위해 하는 일이라면 설령 목숨을 걸어야 한다고 하더라도 기꺼이 할 용의가 있습니다. 그러나 그것이 개방 전체와 관련되는 일이라면 감히 이 거지가 임의로 결정할 수 없으니 이 안건을 가지고 돌아가 방주께 보고하고, 방 내의 결정 과정을 거친 뒤에야 그 가부를 말할 수 있겠군요."

우은소가 맑은 목소리로 받았다.

"개방의 후개는 다른 방파의 후계자 신분에 비해 확연히 큰 힘과 권한을 가진 것으로 알고 있는데… 그대는 혹시 지나치게 신중하고자 하는 것은 아닌가?"

중걸자가 격동하지 않고 차분하게 답했다.

"후개에게 상당한 힘과 권한이 주어진 것은 사실입니다. 그러나 그러한 힘과 권한을 사용하는 데는 반드시 그에 합당한 전제조건이 충족되어야만 하는 것이지요."

"합당한 전제조건이라면?"

"누구라도 능히 인정할 만한 대의명분이 있거나, 혹은 개방의 중대한 실익이 걸린 긴급한 사안이어야 합니다."

"그런 것이라면 이미 충족된 것 아닐지?"

"무슨 말씀이신지… 이 거지는 우매하여……."

"그대의 필 형, 즉 이심전이 무상천에 맞설 수 있도록 도와주는 자체로 그러한 전제조건은 이미 충분히 충족되고도 남는 것이 아닐까?"

중걸자가 언뜻 궁리를 해보는 듯하더니 이내 고개를 갸웃거렸다.

"잘 이해가 되지 않는군요. 필 형이 불구대천의 원한을 갚기 위해 무상천과 부딪칠 수밖에 없는 입장이라는 것이야 알지만, 그러나 냉정히 말해 그것이 어떻게 대의명분이 되며, 혹은 우리 개방의 실익이 걸린 긴급 사안이 된다는 것입니까?"

우은소가 문득 정색을 하였다.

"무상천을 상대하는 일이 다만 이심전의 개인적인 복수에 불과하다고 생각한다면 개방의 후개로서 그대의 안목이 너무

좁은 것이 아닌가?"

우은소는 돌연 위엄을 보이고 있었다.

중걸자가 저도 모르게 흠칫하고 마는데, 우은소가 내쳐 말을 이어나갔다.

"무상천이 이미 백여 년 이상이나 암중에 천하를 지배해 온 끝에 이제 그 실체를 공공연히 드러내고 있으니, 작금에 개방의 주도로 무림맹의 부활이 시도되고 있는 것은 바로 무상천을 견제하기 위함이 아니던가?"

중걸자 얼굴이 설핏 굳어들었다.

"그걸 어떻게……?"

"그같이 거대한 사안이 언제까지 드러나지 않기를 바랄 수 있을까? 이미 내가 알고 있을 정도면 무상천이라고 모를 리는 없을 터. 이미 천하를 관장하고 있는 자들이 과연 무림맹의 탄생을 지켜만 보고 있을 것이며, 그리하여 항차 무림맹과 더불어 천하를 양분하려고 할까?"

"음!"

"단정하건대 개방을 포함한 구파일방으로는 결코 무상천의 거대한 힘을 감당할 수 없으니 괜히 무림맹이다 뭐다 하여 그들의 비위를 거슬려서야 어찌 그 명맥이라도 유지할 수 있을까? 그저 이제까지 그래 왔던 것처럼 복지부동으로 죽은 듯이 지내는 것이 가장 현명하다 할 수도 있을 것이니, 만약 그대가 과연 그런 생각이라면 나 또한 더 이상 말을 계속할 필요는 없을 것이다.”

“말씀이 과하시오!”

무겁게 외친 중걸자가 문득 어깨를 쭉 폈다.

“개방과 천하 정의는 결코 패도에 굴복하지 않소!”

그러나 우은소는 다만 가볍게 받았다.

“호! 과연 개방의 후개다운 기개로군. 그러나 기개만으로 어떻게 저 거대한 무상천과 맞설 것인가? 구파일방끼리도 삐걱거려 제대로 출범할 수 있을지 확실하지도 않은 무림맹의 힘으로?”

“음!”

“설령 무림맹이 여하히 결성되어서 무상천과 격돌한다고 하면? 그때의 양 세력의 우열은? 결국 싸움의 승패를 결정할 양측 고수급들의 비교는? 무엇보다도 무상천의 십대고수와 천주 등 고금에 드문 절대고수들을 상대할 방안은?”

“으음!”

중걸자가 이윽고는 무거운 침음성을 뱉고 말았다.

잠시간의 틈을 두었다가 우은소가 다시 차분하게 물었다.

“우리가 도움이 될 수 있을 것이오!”

우은소의 말투가 바뀌었지만, 중걸개는 미처 깨닫지 못했다.

“우리라면……?”

“물론 우리 세 사람이오. 우리 세 사람은 이미 무상천과 외로운 싸움을 하고 있는 중이거니와, 그들 중의 절대고수들을 능히 상대할 수 있소.”

중걸자가 반사적이다시피 물었다.

“그들의 십대고수와 천주를… 필 형과 두 분 소저들만으로 말입니까?”

우은소가 가볍게, 그러나 분명하게 고개를 끄덕였다.

중걸자가 차라리 어이없다는 표정으로 우은소에게서 설리로, 다시 이심전에게로 시선을 옮겨갔다.

그때였다.

이심전이 담담하게 웃으며 중걸자를 향해 천천히 고개를 끄덕여 보였다.

순간 중걸자는 기묘한 표정이 되었고, 이어 그대로 얼어붙은 듯이 굳고 말았다.

5

중걸자와 우은소는 추가적인 애기 끝에 어느 정도의 공감에 도달한 듯 보였다.

더하여 중걸자로부터는 대강의 강호 정세에 대해서도 들을 수 있었다.

개방에서 최근까지 수집하고 분석한 바에 의하면 무상천

은 능요운이 전면에 등장하면서부터 이전과는 다르게 사뭇 공공연한 움직임을 보이고 있다고 한다. 기존의 무종계와 단심회를 통합하면서 강호 사상 초유의 초거대 단일 세력으로서의 세부적인 체제구성에 들어가 있는 단계로 판단된다는 것이다.

무상천의 그러한 동향에 대해 개방을 비롯한 구파일방, 그리고 사대세가를 주축으로 하는 정도무림맹을 결성하는 작업이 은밀하게 진행 중이라고 했다.

그러나 무림맹의 중심에 서야 할 구파일방은 지난 백여 년 동안이나 세속과 엄정하게 거리를 두고 거의 봉문하다시피 지내온 터였다. 특히 그중의 몇 곳은 겨우 문파의 명맥만 유지하고 있는 것이나 마찬가지의 형편이라 여러 면에서 참으로 쉽지가 않다고 했다.

6

사실 이심전은 중걸자를 통해 의선곡의 소식에 대해서도 듣고 싶었다.

솔직히는 연설란이 어떻게 지내는지 근황에 대해서.

그러나 그는 차마 물어보지 못하였다.

주위의 눈치를 보는 것은 아니었다.

다만 그 스스로의 마음에 높이 쌓여 버린 장벽을 허물지 못한 때문이었다.
아직까지는,
혹은 영원히 그 장벽을 넘지 못할지도.

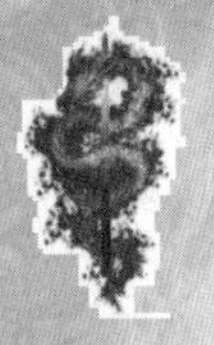

第三章
비보(悲報)

1

중걸자가 떠나고 난 뒤, 선유릉은 다시 조용한 일상이 흐르고 있었다.

중걸자는 개방의 전서구를 이용해 사흘 간격으로 요약된 강호 동향을 보고해 왔다.

간결하게 요약된 정보였지만, 다양한 방면의 소식이 포함되어 빠르게 변하는 강호 정세를 한눈에 파악할 수 있을 정도였으니, 어느 정도 기대를 하고는 있었더라도 그러한 개방의 능력에는 새삼 탄복하지 않을 수 없었다.

오늘도 선유릉에는 개방에서 보낸 소식이 날아들었다.

그런데 여느 때와는 달리 전서구가 아닌 전서응이었다. 전서응은 개방이 갑호 전서를 보낼 때 이용하는 것이다.

급보였다.

용호장이 정체 모를 자들에게 급습을 당하였고, 전력의 대부분을 소실한 채 속절없이 무너졌다는 것이다. 더욱이 용호장주 이하 몇몇의 핵심 간부들은 생포된 것으로 보인다고 했다.

우은소와 이심전이 망연자실하여 있는 중에 설리가 언뜻 날카로운 눈빛이 되며 하늘을 살폈다.

하늘 높이 매 한 마리가 허공을 맴돌고 있다. 허공 높이 떠 있었지만, 어림짐작으로도 개방의 전서응보다는 훨씬 더 큰 종류였다.

"전서응을 추적해 온 것이로군."

우은소가 나직이 말한 데 대해 설리가 가볍게 고개를 끄덕이며 받았다.

"그동안 개방의 전서구가 지속적으로 드나들었으니 저들의 이목을 끌 만도 했죠."

2

선유릉으로 들어오는 협곡의 건너편은 오늘도 축축하고 자욱한 안개로 뒤덮여 있었다.

안개 속에서 십여 명의 흑의인이 협곡 너머의 하늘을 보고

있었다. 그들의 시선이 닿는 곳에 매 한 마리가 떠 있었는데,
같은 지점을 계속 맴돌고 있는 중이다.

사실 흑의인들은 진작부터 협곡을 건너고자 하였으나 마
땅한 방법을 찾지 못하고 있는 중이었다.

흑의인들 중에서 희끗희끗한 반백의 머리를 한 자가 거센
물살이 굽이쳐 흐르는 협곡의 가장자리 끝에 우뚝 버티고 섰
는데, 아마도 무리의 우두머리인 듯했다.

그러더니 그자가 문득 허공을 향해 외쳤다.

"필괴! 무상천의 서찰을 전달하러 왔소!"

그자의 목소리는 응축된 듯이 주위로 퍼지지 않고 곧장 앞
으로만 뻗어 나갔다. 아마도 멀리 하늘에 떠 있는 매를 목표
로 하는 듯 보였다.

십리전성후(十里傳聲吼)였다.

십 리 밖까지 말을 전할 수 있다는 상승의 전성 수법으로
그것을 펼치기 위해서는 적어도 일 갑자 반의 순정한 내력이
필요하였으니, 그 수법 하나만으로도 그자는 절정 경지의 내
가고수였다.

그자는 잠깐의 틈을 두면서 다시 두 번을 더 외쳤다.

그리고 얼마나 지났을까?

"서찰은 그 자리에 놓아두고 모두 돌아가라!"

허공에서 살랑거리는 듯한 아주 부드럽고 매혹적인 목소
리가 들렸다.

그러나 사방을 둘러봐도 목소리의 임자는 보이지 않았고, 무사들이 즉시 주변 일대를 뒤졌지만 여전히 어떤 기척도 찾을 수 없었다.

크게 긴장한 끝에 반백 머리의 우두머리는 일단 좀 전 목소리의 지시를 따르기로 한 모양이었다.

서찰이 든 것으로 보이는 가죽 주머니 하나를 바닥에 놓아 둔 우두머리가 천천히 뒤로 물러났고, 나머지의 무리 또한 뒤로 물러났다.

이윽고 흑의인들의 모습이 모두 다 자욱한 안개 속으로 사라졌을 때다.

문득 사람의 형상 하나가 환영처럼 일렁이며 나타나더니 바닥에 놓인 가죽 주머니를 집어 들었다.

그런데 그 순간, 사라졌던 흑의인들이 돌연히 나타나며 그 사람의 주위를 둘러쌌다.

"서찰이 제대로 전달되는지는 확인해야 하지 않겠나?"

우두머리가 냉소하며 말했다. 그러나 그는 곧바로 경악에 빠지고 말았다. 그들의 포위 속에 있던 사람이 홀연히 사라지고 없었던 것이다. 그런데 순간 갑자기 배후를 엄습하는 한 줄기 지독한 살기에 그는 다급히 뒤를 돌아보았다. 그러나 뒤쪽에는 아무런 이상이 없었다.

그때였다.

"죽이려 했으면 벌써 죽였을 것이되, 우리 일로방의 방주께서 능요운에게 전할 말씀이 있어 살려둔 것이다!"

우두머리는 혼백이 날아갈 만큼 기겁하였다. 그가 황망히 앞쪽을 보는 순간, 그의 눈앞에 한 사람이 나타나 있었다. 마치 원래부터 그 자리에 서 있었듯 듯이 고요히.

여인이었다, 보는 순간 눈이 크게 떠지고 마는 절세의 자태를 지닌. 그러나 여인은 자태와는 어울리지 않는 무심하기 그지없는 표정이었고, 더욱이 양 뺨에 난 흉터는 보는 사람으로 하여금 절로 안타까움을 자아내도록 만드는 데가 있었다. 하지만 참으로 묘했다. 여인의 그러한 부조화는 이내 다시금 기이한 마력을 풍겨내고 있었으니 말이다.

흑의인 모두가 여인의 미태와 마력에 빠져들어 있을 때, 여인이 다시 말을 이었다.

"그러나 내 앞에서 함부로 경거망동을 한다면, 우리 방주께 문책을 당하는 한이 있더라도 반드시 모두 죽이고 말리라!"

그리고 여인은 한 가닥 차가운 미소를 떠올렸는데, 순간 흑의인들은 온몸을 서늘하게 만드는 기이한 차가움에 그대로 얼어붙고 말았다.

여인의 그러한 차가움이란 차라리 상상을 절하는 지극한 살기와도 같아서, 그녀의 미소와 눈빛은 그대로 무형의 날카로운 칼날이 되어 흑의인들의 온몸으로 박혀드는 듯했다.

여인은 바로 설리였다.

“우리 방주께서는 능요운에게 이렇게 전하라 하셨다. 내가
곧 갈 터이니 기다려라.”

순간 흑의인들은 머리를 흔들고 혹은 눈을 비볐다. 그들의
눈앞에서 설리의 모습이 홀연히 사라지고 말았기 때문이다.

3

서량(徐量)과 육도반(陸度磐) 등을 살리고 싶다면 네 스스로 내
게로 와라! 나의 잔인함을 다시 보고 싶지 않다면!

능요운의 서찰이 전하는 바는 그랬다.

“참으로 용렬한 자가 아닌가? 가히 절대무적의 권세를 가
졌다 할 자가 고작 이런 비열한 수를 쓰다니!”

우은소가 분노를 토했다.

이심전 또한 당장에 선유릉을 나가 능요운을 찾아가겠노
라고 서둘렀다.

“함정을 파놓고 기다리겠다는 수작이 뻔한 터에 무턱대고
갈 수는 없는 일이에요!”

우은소가 만류했으나 이심전은 단호했다.

“능요운이 어떤 함정을 준비해 놓고 있다고 하더라도 그자
는 내게 죽어야만 할 자이고, 또한 내게는 여하한 경우라도
그자를 죽일 자신이 있소!”

보고 있던 설리가 슬쩍 거들었다.

"어쨌든 저들에게 이곳이 알려졌으니 더 이상 이곳에 머무
를 수는 없게 되었네요."

4

그들을 선유릉을 떠날 채비를 했다.

사실 채비라고 할 것도 없었다.

빈 몸으로 들어왔으니 그저 빈 몸으로 나가면 그만이었다.

다만 세 사람의 표정은 몹시도 어두웠다.

그들이 잠시간 누렸던, 아주 잠깐 동안 누릴 수 있었을 뿐
인 평온이 그렇게 끝나 가고 있었다.

第四章
소식

1

선유릉을 나왔으나 그들은 길을 서두르지는 않았다.

급하게 간다고 해도 인질이 잡혀 있는 이상 당장에 할 수 있는 일은 제한적일 것이니, 일단 저들에게로 가고 있다는 신호를 주는 한편으로 좀 더 치밀하게 정황을 살펴 현명한 대책을 강구해 보자는 우은소의 말이 있었기 때문이다.

그들이 어느 작은 읍을 지날 때였다.

어린 거지 하나가 슬쩍 다가오더니 서찰 한 통을 건넸다.

필시 중걸자가 보낸 것이라 우은소가 얼른 받아서 읽었다.

그런데 내용을 읽어나가던 우은소의 표정이 이내 심각해졌기에 이심전이 얼른 서찰을 낚아챘다.

우리 개방에서는 예전 황촌이 있던 주변 일대를 광범위하게 조사한 끝에 마침내 당시의 생존자 한 사람을 찾을 수 있었음.

서찰은 그렇게 시작되고 있었다.
이심전의 두 눈이 조급함을 담았다.

그 생존자는 이심전을 기억하고 있었음. 이심전이 자신을 아제라고 불렀다고. 그는 당시 대처에 나갔다가 돌아오는 길이라 요행히 화를 면했는데, 화산 폭발의 열기와 독기로 인해 며칠을 접근하지 못하다가 큰비가 오고 난 뒤에야 황촌으로 들어갔다고 했음. 그리고 그나마 형체가 남은 시신 여러 구를 수습했는데, 그중에 촌장의 시신도 있었다고 했음. 촌장의 시신이 확실했느냐고 재차 확인했는데, 그는 자신이 직접 염하고 묻었으므로 틀림없다고 했음.

"아아!"
이심전이 무겁게 탄식했다.
"무슨 내용이기에……?"
설리가 조심스러운 빛으로 묻는 것을 우은소가 나직이 말해주었다.
"능요운이 처음부터 초혜… 소저를 속인 것이었어. 그분

황촌의 촌장은 화산 폭발 당시에 이미 돌아가셨던 것
을……."

서찰에는 용호장주 등의 행방에 대해서도 조사를 진행하
고 있는 중이라고 했다.

그리고 서찰은 마지막으로 한 가지의 소식을 더 언급하고
있었는데, 그 세 번째의 소식에는 특별히 지편(紙片)을 여러
장 할애하여 비교적 상세한 정황까지를 적고 있었다.

바로 의선곡에 대한 소식이었는데, 우은소는 능히 짐작해
볼 수 있었다. 이심전과 연설란의 관계에 대해 모르지 않을
중걸자가 나름의 특별히 배려한 것이란 사실을.

2

무공과 의학은 본래부터 다른 갈래가 아니라 동원(同源)이니,
당대의 천하제일의(天下第一醫)인 곡주를 초빙해 담론을 나눠보
고자 하오.

초의(草醫) 연성도(燕成度)가 무상천주의 초청을 받았다.

뿐만 아니라 초청장을 직접 가지고 온 인물이 이미 육십 년
전에 강호제일의 고수로 추앙받은 바 있고, 이제는 전설로 불
리는 팔황신검(八荒神劍) 유소추(柳逍鄒)라는 점만으로도 의
선곡으로서는 경악하고도 남을 사실이었다.

더하여 유소추가 자신을 무상천의 십대원로 중 하나로 소
개했으며, 대동하고 온 이십여 명의 면면이 하나같이 당금 강
호에서 최고 반열에 올라 있다고 하기에 조금도 손색이 없다
는 데서 무상천의 그 초청은 초의에 대한 최상의 예우이자,
한편으로 태산 같은 중압감이었다.

그리고 초의를 더욱 당혹스럽게 만든 또 한 가지는, 초대장
에 명기된 무상천주의 이름이 바로 능요운이었기 때문이다.

유소추는 능요운이 무상천의 신임 천주로 등극하였다고
했고, 그 첫 번째 손님으로 초의를 초대하는 것이라는 말로
초청의 무게를 더했다.

사실은 예전에 능요운과 연설란 사이에는 한 번 혼담이 오
간 적이 있다. 물론 그때 능요운은 만검천의 대공자 신분이었
지만.

그때도 만검천에서 먼저 혼약의 의사를 타진해 온 것이다.
그러나 초의가 워낙 연설란의 총명을 인정하고 아꼈던 터라
혼사를 포함한 손녀 일신에 관한 일은 무엇이라도 그녀 스스
로 결정하도록 맡긴다는 주의였고, 그때 연설란이 상대가 누
구라는 것과 무관하게 자신은 아직 혼인에 대해 전혀 생각이
없다는 뜻을 분명히 밝혔기에 만검천에 대해 완곡하게 손녀
의 뜻을 그대로 전했다.

그런데 이번에 능요운이 무상천주라는 전대미문의 거대
권좌에 등극하면서 첫 손님으로 초의를 초청하였으니, 혹시

예전의 일을 다시 한 번 추진하고자 하는 뜻은 아닐까 하는 짐작도 드는 것이다.

그러나 손녀가 최근에 마음의 상처를 크게 받았음을 익히 알고 있기에 초의는 고심 끝에 지금은 의선곡을 비울 만한 여유가 없다는 말로 완곡히 거절의 뜻을 표했다.

유소추는 완강했다. 천주의 명을 받들어 온 이상 손님을 모시지 않고는 돌아갈 수 없노라고 했다. 그리고 그것은 그 자체로 이미 공공연한 압박이요, 위협이었다.

그에 초의가 일단은 모면하고 볼 요량으로 밀린 일이 가볍지 않으니 다만 며칠이라도 급한 일을 정리할 시간을 좀 달라고 청했고, 그런 정도의 청까지 몰라라 할 수는 없어서 유소추가 초의의 급한 형편이 정리될 때까지 가까운 곳에 거처를 정하고 기다리겠다고 하고는 의선곡을 나섰다.

개방방주 추룡개(追龍)가 초의를 찾은 것은 그 틈이었다. 사실 개방에서는 무상천의 동향에 초점을 맞추고 있는 중이었으니, 유소추 등이 의선곡에 들어가는 과정을 진작부터 지켜보고 있었던 것이다.

추룡개는 우선 무상천에서 초의를 초청하려는 의도에 대해 설파했다. 초의와 의선곡이 강호에서 가지는 영향력을 선점하려는 것이니, 곧 강호인들의 폭넓은 호감과 존경을 받고 있는 초의와의 선제적인 관계 형성을 통해 무상천이 그동안 장막 속에서 강호를 암중 지배해 오던 방식에서 탈피하고자 하는 데서 필연적으로 부닥칠 수밖에 없는 강호의 반발을 희석시켜 보려는 의도라는 요지였다.

그러나 무상천에서 이미 초청을 해온 이상 의선곡의 입장에서는 끝내 그것을 거부하진 못할 터. 지금은 어쩔 수 없이 그들의 의도를 따라준다고 하더라도 나중에 보다 결정적이고 중요한 상황에서는 강호 대의에 입각한 초의의 큰 결심을 바란다고 정중하게 요청했다.

이어 추룡개는 연설란에게 이심전이 지금 능요운에게로 향하고 있다는 사실을 전했다.

연설란이 크게 놀라고 또 초의가 손녀의 그런 모습에 대해 안타까움과 우려의 빛으로 되고 마는 데 대해 추룡개는 이심전이 이미 완성되어 과거의 필괴와는 비교할 수 없는 경지에 도달한 것 같다는 설명을 더했다.

그때 연설란이 한 가지의 결심을 말하였는데, 조부 대신 그녀가 무상천의 초청에 응하겠다는 것이었다. 무상천의 의도가 과연 추룡개가 말한 대로라면, 그녀가 대신 초청에 응한다고 해서 그들이 굳이 마다할 이유는 없을 것이라며.

초의가 펄쩍 뛰었고, 추룡개 또한 극구 만류했다.

그러나 연설란은 단호했고, 결국은 자신의 뜻을 관철시켰다.

3

연설란 소저가 만검천에 도착했음.

서찰은 그렇게 전하고 있었다.

우은소와 설리는 반사적으로 이심전의 안색을 살폈다.

이심전의 얼굴은 차라리 무심해 보였다.

그러나 먼 곳으로 향해 있는 그의 시선에는 더할 수 없이
무거운 느낌이 담겨 있었다.

그에 우은소와 설리 또한 잔뜩 무거운 표정이 되고 말았다.

第五章
질투

1

능요운은 멀리 보이는 연못가의 정자를 바라보고 있었다.

정자 위에는 지금 여인 하나가 그림 같은 자태로 난간에 기대서 있었다.

물끄러미 연못의 수면을 보고 있는 모습이 왠지 슬퍼 보이는 그녀는 바로 연설란이었다.

그와 그녀를 두고 만검천과 의선곡 간에 한때 혼담이 오갔다는 사실은 알고 있었으나, 이렇게 그녀를 직접 보는 것은 처음이다.

사실 그는 이제까지 여인이란 존재에 대해서는 회의적, 혹은 냉소적이기까지 하였다.

굳이 필요하다고 한다면 사내로서 욕망의 찌꺼기를 해소하기 위한 방편 정도였다.

그런데 연설란을 보고 있는 지금 그는 여인이란 존재에 대해 새로운 평가와 가치를 매겨보고 있는 중이었다.

여인을 취해야 한다면 연설란이야말로 자신에게 가장 잘 어울릴 것 같았다. 지금 저 아름다운 자태와 고고하게 풍겨내는 정숙한 기품만으로도.

2

문득 뒤쪽에 누군가 서 있는 것 같다는 느낌에 연설란은 화들짝 놀라며 황급히 돌아섰다.

사내 하나가 서 있었다. 마치 원래부터 그 자리에 서 있었던 것처럼 빙그레 미소를 지은 채로.

능요운이었다. 이 시대 최고 최강의 패자로 급부상한 자!

능요운이 천천히 손을 뻗고 있었다.

느릿하고 부드러운 손길이었으나, 쉽게 파악할 수 없는 변화를 내포한 금나(擒拏) 수법이었다.

연설란은 간단히 손목을 잡히고 말았다. 그러나 그녀는 당황하는 대신에 가만히 능요운의 두 눈을 바라보았다.

연설란이 천천히 잡힌 손을 빼내고자 했을 때, 능요운은 그녀의 손을 놓아주지 않을 수 없었다. 그녀의 눈빛에 담긴 건

조함과 무심함 때문에라도.

연설란이 차분하게 한 걸음을 뒤로 물러서고 나서야 능요운은 언뜻 한 가닥의 노기를 느꼈다. 그러나 그는 그 예기치 못한 노기를 간단히 추스르며 담담히 물었다.

"소저는 내가 싫소?"

연설란이 무심한 채로 받았다.

"당신은 참으로 무례하기 짝이 없군요!"

능요운이 이번에는 또 언뜻 당황스러웠기에 가볍게 실소하며 반문했다.

"훗! 지금 내게 무례하다고 했소?"

그러나 그는 곧바로 소리 내어 웃으며 다시 말했다.

"하하하! 당금 강호에서 나에 대해 그렇게 말할 수 있는 사람은 소저뿐일 것이오. 그러나 소저가 아무리 특별히 초청된 입장이라고 하더라도 더 이상의 무례는 용납하지 못하오."

그리고 능요운은 성큼 그녀에게로 한 걸음을 다가섰다.

그런데 그때였다.

핏!

무언가가 능요운의 눈앞을 스쳐 지나갔다. 그가 미처 형체를 보지도 못했을 만큼 쾌속했으며, 더욱이 그것은 그에게 사뭇 위협적인 경고를 보내는 느낌이었다.

그리고 다음 순간에야 능요운은 볼 수 있었다. 연설란의 머리 위 허공에 문득 나타난 그것의 형체를.

　허공에 그대로 멈춘 듯이 가만히 떠 있는 그것은 어떤 형체라기보다는 어른 엄지손가락만 한 크기로 뭉쳐진 투명한 황금빛이었는데, 굳이 형체를 규정하자면 마치 한 마리의 커다란 벌 같기도 했다.

　그 투명한 황금빛은 능요운에 대해 경계하는 듯한 느낌이 다분했다. 그럼으로써 그것은 마치 연설란을 호위하고 있는 듯했다.

　능요운이 놀라기보다는 흥미로운 빛으로 그 투명한 황금빛을 살피던 중에 문득 떠오르는 것이 있어 저도 모르게 탄성을 흘리며 말했다.

　"아! 저것은 설마… 전설 속의 신봉(神蜂)?"

　"신봉에 대해 알고 있다니 대단한 식견이로군요."

　연설란이 차분하게 하는 말에, 능요운이 그제야 감탄을 거두며 물었다.

　"기이지(奇異誌)에 보면 신봉은 지극지지(至極之地)와 같은 곳에서나 존재하는데다 그 움직임이 너무나 빨라 사람의 눈에는 거의 띄지 않을 뿐더러, 더욱이 단단한 암벽을 자유자재로 뚫고 다니는 등 극강의 위력을 지니는데다 포악하기까지 하여 사람이 거두기란 불가능한 영물이라고 하던데… 소저는 무슨 신묘한 재주로 그 영물을 취한 것이오?"

　연설란이 잠시 틈을 두었다가 가만히 고개를 저으며 말했다.

“신봉이 과연 그런 영물일진대, 제게 무슨 신묘한 재주가
있어 감히 신봉을 취할 수 있겠어요?”

“흠?”

“어떤 사람이 저를 위해 남겨준 것이죠.”

그때 신봉이 홀연히 사라졌기에 능요운은 잠시간 그 빈 공
간에다 시선을 주었다. 그러나 그는 이내 가벼운 이채를 떠올
리며 다시 물었다.

“혹시… 그 사람은 남자요?”

“그래요.”

연설란의 간단한 시인에 능요운의 이채가 짙어졌다.

“그는… 소저의 정인이오?”

그러자 연설란이 초승달 같은 눈썹을 찡그리며 차갑게 말
했다.

“무례하군요!”

그때 능요운은 문득 오래된 기억 한 가지를 떠올렸다. 그리
고 돌연히 어떻게 통제해 볼 수 없는 집요한 충동을 느끼며
다시 물었다.

“소저는 그와 혼약을 정했소? 아니지. 내가 알기로 소저는
아직 누구와도 혼약을 정하지 않았소. 그렇지 않소?”

연설란이 차갑게 능요운을 노려보았다. 그러나 이내 노기
를 추스르며 담담하게 받았다.

“그분은 제게 너무도 과분한 분이에요.”

“과분하다고? 너무도 과분하다고?”

반문하듯이 말한 능요운이 다시 혼잣말처럼 중얼거렸다.

“그자가 그처럼 대단한 사내라면… 지금 그대에게 이러고 있는 나는 무엇이 되는가?”

연설란이 저도 모르게 흠칫하고 마는데, 능요운이 문득 차갑게 미소 지었다.

“그자가 설마 천자라도 되는가? 아니, 설령 천자라고 해도 감히 내게 이런 모멸을 줄 수는 없지.”

이어 능요운은 다시금 빙그레 미소를 떠올렸는데, 왠지 사람을 불안하게 만드는 묘한 느낌이 녹아 있었다.

“어쨌든 확실한 것은 당신이 아직 정혼하지 않았다는 것이니, 내가 소저를 얻고자 하는 데는 아무런 문제가 없는 것이 아니겠소?”

그때 연설란은 저도 모르게 움츠리고 있던 어깨를 폈다. 그리고 담담하게 말했다.

“여인에게 정혼의 형식보다 중요한 것은 바로 마음을 주는 일이죠.”

“그 말은 소저가 이미 그자에게 마음을 주었다는 뜻이오?”

연설란은 간단히 고개를 끄덕였다.

“그래요.”

순간 능요운은 미간을 확 좁혔다.

“진자흔에게 들은 바 있지만 설마 했거늘, 혹시 그자가 바로 필괴 이심전이요?"

순간 연설란은 짧은 갈등에 휩싸였다. 계속 능요운을 자극하다가는 그의 성정으로 보건대 필시 의선곡에 어떤 식으로든 화가 미칠 것이 분명해 보였다.

그러나 연설란은 그 사실에 대해서만큼은 결코 거짓을 말하고 싶지 않았다. 어떤 경우에도 결코 다시는 이심전에 대해 부정하고 싶지 않았다.

연설란은 천천히, 그러나 분명하게 고개를 끄덕였다.

순간 능요운은 당황을 느꼈다. 지금 그를 격렬하게 잠식해 들고 있는 것이 단순한 분노만이 아니었기 때문이다. 그것은 마치 거친 질투와도 같은 것이었다. 그가 지금껏 한 번도 느껴보지 못한.

능요운은 차라리 냉랭한 조소를 택했다.

"재미있군."

"당신은 무엇이 재미있다는 것이죠?"

연설란이 무심하게 반문했다. 그의 조소에 반발이라도 하듯이.

"후훗! 이심전 그자와 나 사이의 악연이 이처럼 질기다는 것이, 그 이전에 기껏 그런 자 따위와 내가 이처럼 복잡하게 얽힐 수 있다는 것이 참으로 재미있지 않소?"

"당신과 그분과의 악연은 저와 무관한 일일 뿐이죠. 그런데 제가 재미있어 해야 할 까닭이 있을까요?"

연설란이 여전히 무심함을 잃지 않고 있는 데 대해 능요운이 문득 흥미롭다는 듯이 물었다.

"당신과는 무관하다? 과연 그럴까?"

"제가 그분께 마음을 준 것은 저 혼자만의 일방적인 연모일 뿐이에요. 그분은 오히려 절 꺼려 하여 멀리하고 있으니 제가 그분을 위해 할 수 있는 최선은 그분과 온전히 무관해지는 것이죠."

"이심전이 당신을 꺼려 한다고?"

능요운이 크게 뜻밖이라는 듯이 물었다가는 곧바로 냉소를 지으며 짐짓 탄식했다.

"이런! 그렇다면… 이 능요운의 처지가 더욱이 우습게 되어 버리는 것이 아닌가? 그렇지 않소?"

"저는 더 이상 얘기하고 싶지 않군요. 그만 숙소로 돌아가 보겠어요."

연설란이 냉랭하게 끊으며 몸을 돌렸다.

그러나 어느새 정자의 입구를 막아선 능요운이 빙그레 웃으며 말했다.

"그럴 수야 없는 일이지. 당신이 이대로 가버린다면 이미 무너질 대로 무너지고 만 내 자존심은 어떻게 하란 말이오?"

"당신의 자존심이 어떻게 되든 그게 저와 무슨 상관이죠?"

연설란이 차갑게 쏘아붙였다.

능요운이 또한 냉랭한 표정을 지으며 받았다.

"이미 경고하였건만, 당신의 이러한 도도함은 아무래도 너무 지나치군. 감히 이 능요운의 앞에서 말이야!"

그리고 능요운은 문득 생각났다는 듯이 덧붙였다.

"강호에서 널리 통용되는 말이 있지. 쌀이 익어 밥이 된 뒤에는 돌이킬 수 없는 법이라고 말이야. 흐흐흐! 그래, 과연 밥이 된 다음에도 당신이 지금처럼 도도할 수 있을지 갑자기 궁금해지는데?"

연설란이 흠칫 뒤로 한 걸음을 물러났다.

"지금 저를 강압하겠다는 것인가요?"

그러나 연설란은 막상 그렇게 놀라거나 당황한 기색은 아니었다.

능요운이 성큼 한 걸음을 다가들었다.

"지금 이곳에는 나와 당신밖에 없는데 내가 그러지 못할 이유도 없지 않겠소?"

그런데 그때였다.

웅~!

하는 울림과 함께 신봉이 돌연 다시 나타났다. 그리고 번뜩거리며 나타났다 사라졌다 하는 모양이 능요운에게 경고와 위협을 주려는 것이 분명해 보였다.

"하하하!"

능요운이 크게 웃고 나서 오연히 말했다.

"아무리 영물이라고는 하나 기껏 이 한 마리로 나를 어떻게 해보겠다는 것이오? 설마하니 이곳이 어디이며 내가 누구인지 모른다는 말이오?"

그러나 연설란은 오히려 차분하게 반문했다.

"한 마리가 아니라면요?"

그 순간 정자 안에 돌연히 투명한 황금빛이 하나 더 늘어 있었다. 또 한 마리의 신봉이 나타난 것이다.

뿐만 아니었다.

어디선지 자줏빛과 붉은빛, 그리고 타는 듯한 진홍의 붉은빛 등을 띤 신봉들이 속속 나타나고 있었는데, 그 수가 순식간에 열 마리로, 다시 스무 마리로, 그러고는 워낙 빠르게 명멸하는지라 이윽고는 그 수를 종잡기 어려울 정도로 늘어나서는 아예 정자 안의 사방 공간을 온통 채우고 마는 것이다.

능요운이 놀라고 당황하는 모습이 되더니, 그러나 이내 웃는 얼굴로 짐짓 두 손을 내저어 보였다.

"알겠소, 알겠소이다. 내 신봉들이 무서워서라도 이만 물러나도록 하겠소."

그리고 능요운은 정말로 신법을 펼쳐 정자를 빠져나갔다. 잠시 후, 정자 밖 멀찍한 곳에 선 그가 낭랑히 외쳤다.

"그러나 소저는 결국 내 품에 안기게 될 것이오! 강압은 하지 않겠소! 당신 스스로의 선택으로 그리되도록 만들 것이오!

반드시 말이오! 하하하!"

한 자락 웃음소리의 여운을 남긴 채 능요운은 사라졌다.

연설란은 가만히 한숨을 불어냈다. 그런 그녀의 표정이 몹시도 무거웠다.

정자 안을 온통 채웠던 신봉은 모두 사라졌고, 한 마리 투명한 황금빛의 신봉만이 허공에 남아 있었다.

웅~!

그 영물은 날갯짓 소리를 내며 그녀의 눈앞을 천천히 맴돌더니 문득 그녀의 어깨 위로 내려앉았다.

"그래, 봉아(蜂兒)야."

다독이듯이 가만히 중얼거리는 연설란의 입가에 한 가닥 처연한 미소가 걸렸다.

3

"필괴는?"

능요운이 물었다.

방 안에는 아무도 없었다.

그러나 누군가 대답했다.

"이곳으로 오고 있습니다. 그런데……."

"……?"

"예상과는 달리 공개적인 행보를 보이고 있습니다."

"공개적이라……. 잠행하여 기습을 노리지 않고 오히려 공개적인 행보를 보이고 있다?"

"게다가 그들의 동향은 상당히 빠른 속도로 강호 전체에 퍼지고 있습니다."

"음! 개방인가?"

"그렇습니다!"

"후후! 개방의 거지들이 너무 겁없이 설치는군. 그들을 쓸어버리는 데는 시간이 얼마나 걸릴까?"

"본타는 하루, 각지의 분타까지 완전히 무력화시키는 데는 열흘입니다."

"열흘이라……. 생각보다 오래 걸리는군."

"그들의 분타가 워낙 천하 곳곳에 산재해 있는지라……."

"되었다. 일단은 좀 더 지켜보는 것으로 하지. 다만… 몇 가지를 강호에 흘리도록 해."

"몇 가지라고 하시면……?"

"이를테면 그들 셋이 각각 강호오대불세지연과 인연이 닿았다는 것을 포함해서, 훨씬 더 대단한 존재들로 부각되도록 만들란 것이지."

능요운이 희미하게 웃으며 이었다.

"그러고 나서야 나의 상대로서 최소한의 격이 맞을 것이며, 나아가 강호 전체에 우리 무상천의 위엄이 어떠한 것인지 명확히 각인시킬 수 있을 테지. 그리고 이제부터는 서서히 놈

들을 몰아오도록 해. 지정된 시점과 장소에 정확히 도달할 수
있도록 말이야."

　"존명!"

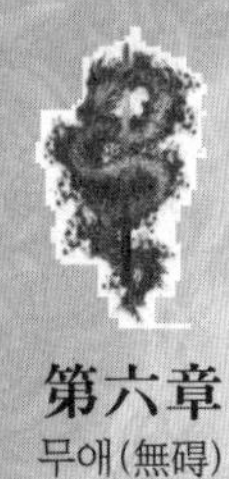

第六章
무애(無碍)

1

　날씨는 쾌청했다. 하늘은 푸르러 높았고, 멀리 지평선까지의 모든 광경이 또렷하게 눈에 들어왔다.

　이심전은 뒤로 몇 발 처져 있었고, 나란히 앞장선 우은소와 설리의 발걸음은 가벼워 보였다.

　그런데 돌연 우은소와 설리가 동시이다시피 걸음을 멈추었다.

　스스스스!

　문득 들려오는 그 나직한 소리는 마치 멀리서 불어오는 한 자락의 산들바람이 부드럽게 풀밭을 스치며 내는 소리 같기도 했다.

소리는 그들을 향해 빠르게 다가오고 있었다, 사위(四位)에서 온 평원을 가득 채우며.

빠르게 다가오는 것은 소리뿐만이 아니었다.

색(色)이 달려오고 있었다.

아니, 온 평원의 색이 멀리서 시작하여 가까이로 다가오면서 빠르게 변하고 있었다.

평원을 뒤덮은 풀의 푸른색이 누런색으로, 그리고 다시 잿빛으로 변하고 있었다.

놀라운 광경이었다.

그러나 우은소에게, 그리고 설리에게도 그것은 낯선 광경이 아니었다. 이전에 이미 한번 맞닥뜨려 본 적이 있으므로.

"독(毒)!"

설리가 짧게 외쳤다.

그때 그들의 이 장여 근처까지 달려온 색의 변화가 갑자기 멈추었다.

그럼으로로써 그들을 중심으로 한 반경 이 장의 공간은 돌연 하나의 섬으로 변한 것 같았다. 잿빛의 바다 위에 위태롭게 떠 있는 녹색 초지의 섬.

파스스스!

잿빛과 녹색의 경계 부위에서는 지금 파르스름한 기운이 스멀스멀 뿜어지고 있었다.

우은소와 설리가 함께 펼친 무형의 막과 독기가 닿으면서 일어나는 현상이었다.

그러나 두 여인은 그다지 당황하거나 다급한 기색은 아니었다.

그때 멀리서 다시 무언가가 잿빛 평원을 가로지르며 쾌속하게 다가오고 있었다.

그것은 빛 무리였다. 은은한 반투명의 황금빛의 덩어리. 그것은 마치 노을 속에 지는 해처럼 아름다웠다.

그러나 우은소는 알 수 있었다. 그것이 극성에 다다른 지독 정화(至毒精華)라는 것을.

"설마… 비괴란 말인가?"

우은소가 무겁게 뱉었다. 강호에는 비밀이 없다고 했던가? 그때 그녀는 음녀를 죽여 소문이 퍼지는 것을 막고자 했다. 그러나 지금 비괴가 그들의 앞에 나타난 상황은 결국 그가 자신의 아들이 이심전에 의해 죽임을 당했다는 사실을 알고서 원한을 갚으러 왔다는 의미이리라.

그 반투명의 황금빛 덩어리는 곧장 그들을 향해 오고 있었다.

그런데, 아아, 그것과 닿는 모든 것이 그대로 부서지고 흩어져 내리고 있었다. 풀과 흙과 돌과 심지어는 대기마저도.

절대독기였다.

흘깃 이심전을 보던 우은소의 시선이 곧바로 이채를 담았다.

이심전의 주위로 은은한 붉은 빛이 드리워지고 있었다.

그리고 그 붉은 빛은 곧장 하나의 흐릿한 형상을 만들어갔다.

분명치 않고 그저 투명하게 일렁이는 형상이었다.

그러나 우은소는 알았다. 그것이 한 마리 혈룡의 형상이라는 것을.

쿠우우우~!

혈룡이 나직이 포효했다. 이어 그것은 순식간에 거대해지면서 곧장 전방의 공간을 장악해 갔다. 너무도 거대해져서 혈룡의 형상을 찾아보기는 더욱 어려워졌지만, 사방으로 펴져나가는 투명하고 붉은 기운만으로도 그것이 한 마리 거대한 혈룡임을 우은소는 확연히 알아볼 수 있었다.

바로 이심전의 혈룡이었다. 오대불세지연(五大不世之然) 중의 첫 번째 불세지령(不世之靈)이 마침내 완성된 형상!

혈룡은 거침없이 잿빛의 공간을 달려 나갔고, 이윽고 그 반투명의 황금빛 덩어리와 정면으로 부닥쳤다.

순간 황금빛이 크게 강해졌다.

그러나 혈룡의 투명한 붉은빛은 능히 황금빛을 수용했고, 황금빛은 곧바로 혈룡의 거대함에 갇히고 말았다.

츠츠츠츠웃!

황금빛이 거칠게 요동을 쳤으나 혈룡의 거대함을 뚫고 나오지는 못했다.

한순간 황금빛 속에서 기괴한 고함이 터져 나왔다.

"크아아!"

마치 광인의 울부짖음과도 같은 그 목소리가 이어 외쳤다.

"내 유일한 혈육을 죽인 놈! 녹여 죽이고 말리라! 태워 죽이고 말리라!"

황금빛 속에서 돌연히 새하얀 백광이 폭발하듯이 타올랐다.

그러고는 곧장 맹렬한 기세로 혈룡의 투명한 붉은 빛을 헤치고 나오기 시작했다.

파파파팟!

혈룡지기가 뚫리고 있었다. 백광과 닿는 부분이 녹아내리듯이 흩어지고 있었다.

혈룡의 거대한 몸통이 격렬하게 요동쳤다.

우우우웅!

웅혼한 울림이 온 공간을 뒤흔들었다.

그때였다. 한 줄기 투명한 빛이 문득 생겨나더니 혈룡지기를 헤쳐 나오고 있는 그 눈부신 백광을 가볍게 꿰뚫어 버렸다.

"큭!"

백광 속에서 짧은 비명이 터져 나왔다. 그리고 그 순간 백광은 꺼지듯이 소멸되었다.

심검이었다. 한순간 백광을 소멸시켜 버린 그 한 줄기 투명한 빛은.

비괴의 실체는 흔적조차 남아 있지 않았다. 다만 남은 것은 온통 잿빛으로 변한 사방의 초지뿐이었다.

이심전은 우두커니 서서 먼 곳을 바라보고 있었는데, 그런 그의 모습은 어쩐지 우수에 차 있는 듯이 보였다. 그리고 그런 이심전을 바라보는 우은소와 설리의 표정에는 어쩔 수 없는 경이로움이 떠올라 있었다.

2

중걸자가 직접 찾아왔다. 그는 서량 등 몇 명의 용호장 사람들이 지금 만검천 내에 잡혀 있음을 모종의 경로를 통해 확인했다고 했다.

이심전이 언뜻 조급한 기색이 되는 데 대해 우은소가 달래듯이 부드럽게 자신의 의견을 말했다.

"그들이 잡혀 있다는 것은 곧 적들에게 그들을 인질로 활용하려는 의도가 있다는 것이겠지요. 그렇다면 반대로 우리 입장에서는… 당장에 급하게 서두르기보다는 조금쯤은 여유를 가지고 신중을 기할 수 있겠고요."

우은소가 진중하게 이었다.

"그리고 이 시점쯤에서는 우리도 어느 정도의 가시적인 규모의 힘을 갖추는 것이 좋겠다는 생각이에요. 물론 당장에 꼭

그래야 할 필요가 있는 것은 아닐 수도 있겠지만, 향후의 강
호 판도까지를 생각해 본다면……."

중걸자는 우은소의 심중을 짐작해 볼 수 있었다. 그녀는 이
제 개방을 비롯한 구파일방, 즉 무림맹의 본격적인 개입을 원
하고 있는 것이었다.

3

중걸자가 가고 난 다음부터 이심전은 기다란 나무토막 하
나를 다듬기 시작했다.

우은소는 내색하지 않으면서도 슬쩍슬쩍 그 모습을 지켜
보고 있는 중이다.

사실 나무토막을 원하는 형상으로 깎아내는 일쯤이야 이
심전이나 그녀, 그리고 설리 중 누구라도 아주 가볍게 해낼
수 있는 일이었는데, 지금 이심전은 몹시 정성을 기울여 세심
하게 나무를 깎아내고 있었다.

혹은 그 일을 즐기는 듯이 아주 느긋해 보이기도 하는 것이
지만.

나무토막은 점차 하나의 뚜렷한 형상을 갖춰 가고 있었다.

검이었다.

우은소는 알고 있었다.

이심전에게 가장 익숙하고도 또한 검으로서의 의미가 깊

은 것이 바로 목검이라는 것을.

그녀가 그를 처음 만났을 때도 그는 남들의 눈에 띄지 않는 구석진 자리에서 목검을 들고 있었고, 또 그런 시간이 그에게 가장 편안하고 의미있는 시간이라고 말했다.

이윽고 목검이 완성되었다.

이심전은 천천히 목검을 움직여 보고 있었다.

우은소는 문득 빙그레 미소 짓고 말았다.

종횡검이었다.

종횡일관이 펼쳐졌고, 이어 종횡역관이, 그리고 종횡천하까지.

그런데 그 이후의 목검의 움직임은 사뭇 이상한 흐름으로 나아가고 있었다.

종횡검의 변형인 것 같기도 하였지만, 그것들이 뭉치고 흩어지고 다시 또 하나로 귀결되면서 검은 종횡검과는 사뭇 다른 흐름을 타고 있었다.

이심전이 마침내 운검(運劍)을 멈추었을 때, 우은소는 참지 못하고 물었다.

"마지막의 초식은 처음 보는 것이었는데, 무엇이죠?"

이심전이 담담히 대답했다.

"또한 종횡검이오."

그런 이심전의 입가에 언뜻 엷은 미소가 스쳐 가는 것을 우은소는 놓치지 않았다. 그리고 그 순간 그녀는 괜스레 흔쾌한 느낌이 되었다.

"종횡검에 그러한 초식이 있는지 몰랐는데, 당신이 새로이 창안하여 추가한 것인가요?"

우은소의 그 물음에 대해 이심전은 문득 가볍게 소리 내어 웃으며 말했다.

"하하하! 종횡검에는 검으로 펼칠 수 있는 모든 것이 이미 다 담겨 있는 터에 나같이 우둔한 사람이 어찌 거기에다 새로운 것을 더할 수 있겠소?"

"하지만 그 일초는……?"

이심전이 여전히 웃는 얼굴로 우은소의 말을 끊으며 슬쩍 반문했다.

"종횡검을 창안한 사람은 바로 당신인데… 당신은 지금 나를 놀리려고 일부러 그런 말을 하는 것이 아니오?"

순간 우은소는 정말로 흠칫 놀라고 말았다. 그리고 반사적으로 물었다.

"설마 종횡무적……?"

"그렇소. 바로 종횡무적이오."

이심전의 대답은 사뭇 분명하였다.

그러나 우은소 곧바로 실소하고 말았다. 그 일초 종횡무적이 즉흥적이고 충동적으로 만들어진, 다만 이론상의 초식일 뿐이라는 것을 누구보다 잘 알고 있기 때문이다.

"그렇군요. 그러고 보니 과연 종횡무적이었군요!"

우은소는 짐짓 고소를 짓는 것으로써 이심전과의 가벼운
농담을 마무리 지었다.

4

내내 푸른빛 일색이던 평원의 풍경이 문득 변했다. 앞쪽으
로 펼쳐진 드넓은 초지 위에 수백 명의 사람이 늘어서 있었
다.
진(陣)이었다. 참으로 웅장하게 펼쳐진 거대한 규모의 검
진(劍陣).
"만검대진(萬劍大陣)!"
이심전이 나직이 말했다.
그때 만검대진의 거대한 진형이 움직이기 시작했다. 전체
가 마치 살아 있는 거대한 유기체라도 되는 듯이 미묘한 진형
의 변화를 보이며 이심전 등을 가두어오고 있었다.
우은소와 설리의 눈빛이 대번에 날카로워졌다. 그러나 그
녀들은 움직이지 않았다. 이심전이 움직이지 않고 있었고, 더
욱이 그의 기색이 조금도 흔들림없이 담담하기만 했기 때문
이다.
이윽고 거대한 진세가 그들을 짓쳐 들었다. 감히 대항할 수
없는, 그야말로 불가항력의 힘이었다.
그때 이심전이 한 걸음을 나아가며 천천히 목검을 앞으로

뻗었다. 그러자 순간 거대한 검진이 돌연히 크게 흔들렸는데, 마치 이심전의 그 간단한 일검이 검진의 중심을 단번에 꿰뚫어 버린 것만 같았다.

그것은 마치 잔뜩 부푼 가죽 공에 갑자기 구멍이 뚫리면서 순간적으로 공기가 빠져나가는 형상과 비슷했다.

하지만 다음 순간 검진은 급격한 진형의 변화를 일으키면서 원래의 거대한 진세를 복구했다.

그러나 그때 이심전이 다시 성큼 한 걸음을 내디뎠는데, 검진은 여지없이 다시금 흐트러지고 말았다.

이심전은 천천히 걸어 나갔다. 그러자 그의 걸음을 따라 검진은 크게 출렁이며 흐트러졌다가 다시 복구되기를 반복했다.

이심전은 자유로워 보였다. 그는 진세에 조금도 구애받지 않고 휘적휘적 걸어 나아갔다. 마치 한 줄기 자유로운 바람처럼.

한편 만검대진은 거대하게 펼쳐진 갈대밭 같았다. 바람이 지나가는 대로 순응하여 눕고 마는.

우은소와 설리는 이심전의 한 걸음 뒤에서 따를 뿐이었다. 그가 보여주는 놀라운 능력에 경이로워하며.

피와 살육은 없었다. 다만 검진의 한가운데가 하나의 뚜렷한 선으로 갈라지고 있을 뿐이었다.

어쩌면 이심전은 지금 스스로를 확인해 보고 있는지도 몰랐다. 완성을 이룬 이후 처음으로.

천하제일 만검대진이 이윽고 허물어지고 있었다. 참으로 허무하게.

5

그들은 이윽고 만검천을 이백 리 앞두고 있었다.

우은소는 뒤쪽을 돌아보았다. 멀찍이 떨어진 후방에 한 무리가 그들을 따르고 있었다.

자못 거창한 행렬을 이룬 그들은 바로 무림맹이었다. 지난번 이심전이 한 자루의 목검으로 만검대진을 파죽지세로 허물어뜨리며 돌파한 뒤로 조금씩 모여들며 뒤를 따르기 시작하더니, 시간이 지날수록 그 수가 빠르게 늘어나고 있는 중이다.

중걸자가 말하기를, 무림맹이 우여곡절 끝에 간신히 결성되긴 했으나 막상 무상천에 맞설 의지는 제대로 세우지 못하고 있는 중이라고 했다.

근본적인 이유는 결국 패배주의였다. 즉, 무림맹이 당금 강호의 모든 정파를 다 끌어안는다고 해도 여전히 무상천의 절대적인 힘을 상대하기엔 크게 부족하다는 인식 때문이었다.

무상천의 거대 전력 중에서도 무림맹이 특히 위협을 느끼는 것은 바로 태상천주와 십대원로로 대표되는 절대고수들에 대해서였다.

개방이 파악한 바에 의하면 태상천주의 무공은 가히 강호 역사상 전무후무한 경지에 이르러 있고, 십대원로만 해도 하나같이 강호상에서 한 시점을 군림한 바 있는, 그야말로 무적의 고수들이었다.

무림맹에서는 그들 무상천의 절대고수들을 상대할 만한 고수들이 없었으니, 장수 없이 병졸로만 전쟁을 치르겠다는 것과 마찬가지의 얘기였다.

"흥!"

우은소가 나직하게 코웃음을 친 데 이어 차갑게 뱉었다.

"언제까지 뒤로 물러서서 구경만 하려는 건지… 참으로 비열한 자들이로다! 과거 강호 정의라는 명분 하나에 초개와 같이 목숨을 내던졌던 저네 선조들의 명예에 아주 먹칠을 하고 있는 게 아닌가?"

설리가 역시 차가운 표정으로 고개를 끄덕여 보임으로써 우은소의 말에 즉각 동조했다.

그러나 비난의 말과는 달리 우은소가 내심으로는 무림맹의 역할에 대해 평가를 해주고 있는 점도 있었으니, 즉 무림맹이 결성되었으며 지금 미력하나마 무림맹의 이름으로 움직이고 있다는 사실 자체만으로도 강호 정세에는 이미 커다란 변화가 시작되었다는 것이다.

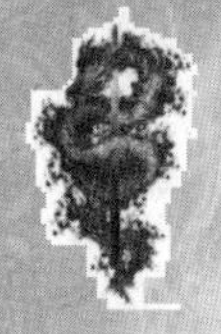

第七章
결전(決戰)

1

그들은 더 이상 나아갈 수 없었다.

만검천을 십여 리 앞둔 지점이었다.

그들의 앞쪽 평원에는 지금 수많은 인원이 하나의 거대 진을 이루고 있었다.

아니, 그것은 진이 아니었다.

그저 도열이었다.

그러나 그 거대한 숫자와 규모만으로도 그것은 지금 웅장한 산과 같이, 혹은 망망한 바다와도 같이 그들의 앞을 가로막고 있었다.

2

능요운은 거대한 군진(群陣)의 한가운데에 위치해 있었다.

천라만상대진(天羅萬像大陣)!

지금 그를 중심으로 펼쳐진 거대 진의 명칭이다.

만여 명의 절정고수에 의해 펼쳐지고 있다는 점만으로도 강호 역사상 전무후무한 규모이리라.

사실 천라만상대진은 본래 태상천주가 무공을 연구하기 위해 만든 것이다.

이미 오래전에 절대의 경지에 다다른 태상천주는 고금을 통틀어 적수로 삼을 만한 상대를 찾지 못하였다. 그리하여 그는 무상천이 아니라면 감히 꿈도 꾸지 못했을 엄청난 규모의 거대 진을 구상한 것이다. 오로지 자신의 능력을 시험해 보기 위한 용도였다.

태상천주는 지난 수십여 년 동안 천라만상대진을 직접 운용하면서 보완해 왔다. 그리고 최종적으로 진을 만든 본래의 목적에는 충족하지 못하지만 진 자체의 위력에 대해서는 가히 천의무봉(天衣無縫)이라 할 만하다는 평가를 내린 바 있다.

그런 점에서 보자면 능요운이 지금 기껏 이심전과 그 일행인 여인 둘을 맞아 천라만상대진까지를 펼친 것은 크게 지나치다고 해야만 했다.

그러나 능요운은 천하에 보여주고 싶었다.

무상천의 위대함을!

그리고 무상천의 새로운 주인인 그 자신의 위엄을!

그리하여 오늘 이후로 감히 누구도 그의 앞에서 함부로 고개를 들 수 없도록 만들려는 것이었다.

3

수많은 무리가 평원으로 들어서고 있었다.

각양각색의 복색이었고, 몹시도 무질서하였다.

무리의 규모는 빠르게 늘어났다. 그러더니 이윽고는 그 방대함이 천라만상대진을 오히려 능가하기 시작했다.

물론 단지 숫자의 능가일 뿐이다. 저따위 오합지졸을 어찌 무상천의 일만(一萬) 절정고수와 감히 비교라도 할 수 있겠는가?

그렇더라도 능요운은 가만히 미간을 좁혔다.

오합지졸들에 불과하다고 하더라도 무림맹이었다. 그들의 중심에는 구파일방이 있다. 멀게는 수백 년, 가깝게는 백여 년 동안 강호의 중심에서 밀려나고 소외되어 온 자들.

그러나 강호의 유구한 역사와 함께 면면히 그 맥을 유지해 온 강호의 상징과도 같은 존재들이다. 그들이 동시에 떨치고 일어섰다는 것만으로도 곧 거대한 명분이 되는 것이다. 그것이 다시 강호의 수많은 군웅을 떨쳐 일어나게 만들었고, 지금 저처럼 구름같이 이곳에 몰려들게 만든 것이다.

저들 중에 무상천이 위협을 느낄 만한 고수는 거의 없을 것이다. 아니, 고수보다는 오히려 평범한 무사들이 많을 터이고, 심지어 아예 무공을 익히지도 않은, 그러나 강호의 밥을 먹고사니 스스로 강호인이라 자처하는 자들도 있을 것이다. 그러나 그럼으로써 저들이야말로 강호의 근저이자 본질이라고 할 수 있을 터였다.

무상천의 힘이 아무리 크고 강하다고 하더라도 강호 전체를 다 적으로 돌리고는 존재할 수가 없는 노릇이다. 무상천 역시 결국에는 강호에 뿌리를 두고 있음이다.

능요운은 문득 묘한 느낌이 되고 말았다. 방금 전까지만 해도 그는 절대적인 우위하에 모든 상황을 주도하고 관장하는 입장이었는데, 갑자기 그러한 입장이 흔들리는 듯한.

4

그들의 뒤쪽으로 끝도 없이 몰려드는 군웅을 보며 우은소는 잠시간 격동에 젖는 모습이다.

그녀가 문득 차분한 기색이 되며 말했다.

"저들은 거대한 힘이 될 수도 있고, 냉정한 방관자도 될 수 있고, 혹은 어리석은 희생자도 될 수 있어요. 그리고 지금의 상황에서 저들이 어떤 쪽으로 되느냐 하는 것은 결국 우리에게 달렸다고 해야겠죠."

그녀의 말을 들으며 이심전은 묵묵히 앞쪽을 바라보았다. 그는 지금 검진을 이루고 있는 수많은 검수 중에서 한 사람을 보고 있는 중이었다. 능요운이었다.

능요운 또한 이심전을 바라보고 있는 중이다. 거리상으로는 제법 멀리 떨어져 있었지만, 그들 두 사람은 능히 상대의 작은 표정 변화까지도 읽을 수가 있었다.

이심전은 천천히 앞으로 걸어 나갔다. 그러자 그의 주위로 곧장 투명한 붉은 빛이 퍼져 나갔다.

혈룡이었다.

은은하여 희미한 형상으로 드러날 뿐이지만, 자세히 보면 한 마리 거대한 혈룡이 후광처럼 이심전을 감싸고 있었다.

쿠우우웅!

천라만상대진과 닿는 순간, 혈룡이 나직이 포효했다. 이어 그 거대한 몸통이 한번 허공을 휘젓자, 대진(大陣)의 외곽 한 부분이 그대로 무너져 나갔다.

천라만상대진이 신속하게 힘을 집중시키며 대응을 해왔지만, 일대 전체를 파천황의 기세로 휩쓸어 버리는 혈룡의 절대력에는 불가항력이었다.

이심전이 나아가는 방향으로 마치 바닷물이 갈라지듯이 길이 열리고 있었다.

5

거침없이 나아가던 이심전은 문득 멈추어 섰다.

우웅!

허공중에서 무슨 소리가 들리고 있었다. 나직하고도 아주 멀리서 희미하게 울리는 듯한 지극히 낮은 저음의 소리여서 주변의 소음이 아니더라도 쉽게 들을 수 있는 소리가 아니었지만, 그는 그 소리를 확연히 분간할 수가 있었다.

이심전에게서 조금 뒤에 처져 후방과 좌우 측방을 호위하던 우은소와 설리가 주변일대를 장악하고 있던 거대한 혈룡이 갑자기 사라지는 것을 보고는 곧장 이심전에게로 달려왔다.

"무슨 일이에요?"

설리의 물음에 이심전은 자신의 머리 위 허공을 바라보는 것으로 대답을 대신했다.

그곳에서는 지금 기이한 광경이 벌어지고 있었다.

수십, 아니, 어찌 보자니 수백여 개나 되는 듯한 빛이 번뜩이고 있었다. 한낮임에도 빠르게 나타났다 사라졌다 명멸하는 그 빛은 사뭇 뚜렷했다. 그럼으로써 주변 일대의 허공은 온통 그 빛으로 뒤덮인 듯하였다.

이심전은 가만히 한숨을 불어 내쉬었다. 안도이자 안타까움이었고, 또한 짙은 그리움이 담긴 한숨이었다.

신봉(神蜂)이었다.

번식이 지극히 어려운 희귀종이어서 몇 마리를 발견하는 것만으로도 기적이라던 신봉이 지금 어떻게 수백 마리나 한꺼번에 나타난 것인지에 대해서 이심전은 도무지 짐작조차 하기가 어려웠다. 그러나 그는 이내 수긍할 수 있었다. 그녀이리라. 그녀가 무슨 특별한 방법을 고안해 낸 것이리라.

이심전은 다시금 앞으로 나아갔다. 그러자 신봉들이 일제히 그를 따라 움직이기 시작했는데, 마치 군무를 추는 듯이 장관을 이루었다.

그러자 천라만상대진에 당장에 일대 혼란이 벌어졌다.

"독물이다!"

"악!"

외침과 단발마의 비명이 난무했다.

검수들이 검을 휘두르고 혹은 장풍을 쳐냈지만, 신봉들은 그런 것으로 상대할 수 있는 존재가 아니었다. 그 영물들은 지독히도 빨라서 눈으로는 그 움직임을 따라잡을 수 없었고, 더욱이 금강석보다도 더 단단한 몸체를 지녔으니 도검으로도 벨 수가 없었다.

참으로 기괴하고도 놀라운 광경이었다. 아니, 너무도 끔찍한 광경이었다.

신봉들은 검수들의 몸을 거침없이 뚫어버렸다. 머리며 몸통을 가리지 않고.

사방에서 비명이 터져 나오며 검수들이 속속 쓰러졌다.

신봉들의 호위를 받으며 거침없이 나아가는 이심전의 앞을 감히 가로막는 자는 없었다.

그런 중에 이심전의 시선은 내내 한 곳으로만 향해 있었다.

6

그는 멀리 산봉우리 정상에 서서 아래쪽 평원에서 벌어지는 모든 광경을 지켜보고 있었다.

마음만 먹었다면 진작 평원의 싸움에 개입할 수 있었을 테지만, 그는 계속 지켜만 보고 있는 중이었다.

그런 데는 두 가지의 이유가 있었다.

우선은 역시 그가 개입하는 즉시 전세를 역전시켜 버릴 수 있기 때문이다.

이심전을 죽이는 것은 아주 간단한 일이었다.

무림맹 따위는 더욱이 문제가 되지 않았다. 아무리 거대하다고 해도 군중의 힘이란 허상에 불과하다. 머리만 잘라 버린다면 그들은 순식간에 흐트러질 것이고, 결국에는 절대 강자에게 머리를 조아리게 되어 있다.

그렇더라도 그가 개입하지 않고 있는 진짜 이유는 바로 두 번째의 것이다. 곧 이심전 때문이었다. 그의 예상치를 훌쩍 뛰어넘는 능력 때문이었다.

물론 이심전의 능력이 그에게 위협적이라는 것은 전혀 아니었다. 다만 더욱 궁금해졌을 뿐이다. 지금 이심전이 보이고 있는 능력이 그가 가진 능력의 전부가 아닌 것 같다는 점에서.

그리하여 그는 객관적인 위치에서 조금만 더 지켜보기로 했다.

그리고 그가 그럴 수 있는 데는 능요운에 대한 믿음이 있었다. 비록 능요운이 충분하지는 않더라도 어느 정도까지는 대등하게 이심전을 상대할 수 있으리라는.

그러한 믿음은 그의 자존심이기도 했다. 능요운이야말로 그가 무상천의 천주라는 지상 최고의 자리를 물려준 후계자이므로.

7

능요운은 차라리 분노에 떨고 있었다.

그가 결코 깨어질 수 없으리라 여겼던 천라만상대진은 지금 대혼란에 빠져 있었다.

더욱이 지금 무리 지어 이심전의 주위를 따르며 천라만상대진을 너무도 간단히 무력화시키고 있는 독물들을 그는 이미 한 번 본 적이 있었다.

바로 얼마 전에 연설란이 부리던 신봉이었다.

그때 그녀가 했던 말이 새삼 그의 분노를 증폭시키고 있었다.

"너무도 과분한 사내라고? 이미 마음을 주었다고? 감히!"

그러나 그는 애써 분노를 추슬렀다.

허무하게 무너지고 있다고는 하나, 아직까지는 다만 일각의 붕괴에 불과할 뿐이다. 단숨에 무너지기에는 천라만상대진이 너무도 거대한 때문이다. 진은 계속적으로 변화를 일으키며 끝까지 적에 대항해 나갈 것이다. 만 명 중의 마지막 일백이 남을 때까지는.

그렇다고 해도 그가 계속해서 진을 지키고 있을 까닭은 결코 없었다. 그가 택할 수 있는 수단은 얼마든지 있었다. 우선 신봉에 대응할 가장 효과적인 수단을 그는 가지고 있었다.

그는 곧바로 진을 빠져나갔다.

8

"신봉들을 물리시오!"

능요운이 차갑게 명령했다.

그러나 연설란은 간단히 고개를 가로저었다.

"신봉의 진짜 주인이 왔으니 이제는 제가 함부로 통제할 수 없게 되었어요!"

"흐흐흐! 당신이 신봉을 통제할 수 없다고? 그런 얄팍한 수

작을 나보고 믿으라는 것이오? 한 번만 더 말하겠소! 즉시 신봉들을 거두어들이시오! 그렇지 않으면……."

그때였다.

우웅!

나직한 소음과 함께 허공이 돌연 빛들로 번뜩였다.

신봉들이었다.

동시이다시피 능요운의 전신은 투명한 강기의 막으로 둘러싸였다. 호신강기였다.

"아아! 심전!"

연설란이 나직한 탄식을 불어낼 때였다.

"의선곡을 지옥으로 만들고 싶은 것이냐?"

능요운이 차갑게 외쳤고, 순간 연설란은 그대로 온몸을 굳히고 말았다.

그때였다. 신봉들이 내던 소음과 명멸하던 빛이 일시에 사라졌다.

잠시 주변을 살핀 능요운이 빙그레 웃는 얼굴로 말했다.

"고맙소. 당신은 현명한 선택을 한 것이오. 그리고… 기왕에 나를 선택하였다면 나를 위해 한 가지만 더 해주시오."

연설란이 차갑게 받았다.

"나는 당신을 선택한 바 없거니와, 당신을 위해 그 어떤 일도 하지 않을 거예요! 결코!"

능요운 나직이 소리 내어 웃으며 말했다.

"흐흐흐! 감히 내 앞에서 그자를 정인이라고 말했으니 나는 확인해 보고자 하는 것이다. 그자가 과연 당신을 위해 기꺼이 목숨까지를 바칠 수 있는지를. 진정 정인이라면 마땅히 그래야만 하는 것 아닐까?"

9

연설란은 한순간 소스라치고 말았다.

능요운이 무너지고 있었다. 아주 천천히.

느닷없는 일이었다.

이윽고 그녀의 두 눈은 부릅떠지고 말았다. 극도의 경악을 담고서.

능요운의 머리가 동체에서 분리되며 스르르 바닥으로 떨어지고 있는 중이었다.

"아악!"

그녀는 그제야 비명을 내지를 수 있었다. 그리고 화들짝 뒤로 물러났다.

그 순간 사라졌던 신봉들이 일제히 나타나며 그녀의 주위로 겹겹의 벽을 쌓듯이 빠르게 맴돌기 시작했다.

10

"이럴 수가!"

무거운 탄식이 뱉어졌다. 그러나 기이하게도 그것은 또한 탄성처럼 들리기도 했다.

그는 커다란 혼란에 빠지고 말았다.

그러나 능요운의 갑작스러운 죽음은 그를 당장에 비탄과 혼란에 빠뜨리지 못했다. 그것은 아마도 나중의 일이 될 것이다.

이심전 때문이다.

지금도 여전히 천라만상대진의 안쪽에 있는 이심전이 멀리 진 밖에 있는 능요운의 목을 능히 취했다는 사실과, 그럼에도 막상 이심전이 어떻게 그럴 수 있었는지에 대해 그가 여전히 이해하지 못하고 있다는 사실 때문이다.

그리하여 그는 혈손이자 후계자인 능요운의 죽음을 생생히 목격하였으면서도 여전히 산봉우리 정상에 그대로 서 있기만 하였다. 마치 못이라도 박힌 듯이.

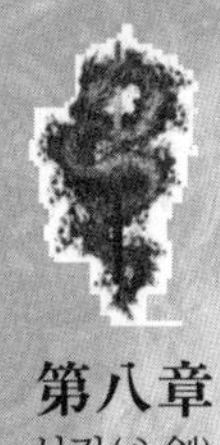

第八章
심검(心劍)

1

무상천주 능요운의 죽음 이후 천라만상대진은 저절로 와해되었고, 무상천의 무리는 능요운의 수급과 시신을 수습하여 물러갔다.

무림맹은 굳이 그들을 쫓지 않았다. 다만 거대한 함성과 환호로 강호에서 무상천의 시대가 종말을 맞고 새로운 시대가 도래했음을 천지간에 고했다.

연설란은 이심전의 앞에 나서지 못했다. 그녀는 자신이 결코 용서받지 못할 것이라고 생각했다. 이심전이 곤궁에 처했을 때 그녀마저 믿어주지 못하고 오히려 배척해 버린 것에 대해.

그리하여 그녀는 조용히 몸을 빼서 사라졌다.

끝이 없을 듯 계속되는 군웅의 함성과 환호 속에서 이심전은 떠나는 연설란을 안타깝게 지켜볼 수밖에 없었다. 그러나 그녀가 그를 원하지 않는 이상, 그녀를 자유로이 놓아주는 것만이 최선일 것이다. 그가 그녀를 위해 해줄 수 있는.

웅~!

희미한 울림을 남기며 투명한 황금빛 한 조각이 그의 눈앞 허공에서 반짝 빛났다. 그러고는 이내 희미한 꼬리를 끌며 멀리 사라졌다. 마지막까지 남아 있던 '봉아(蜂兒)'였다.

만검천의 지하 뇌옥에 갇혀 있던 용호장 장주 서량과 육도반, 그리고 사공승과 경대우 등이 무사히 구출되었다.

감격적인 해후와 인사, 그리고 치사와 격려가 오갔다.

그러나 환희와 북적거림도 잠시였고, 군웅은 속속 만검천을 떠났다.

이윽고 모두가 썰물처럼 빠져나가 버리고 나서 텅 빈 만검문은 쓸쓸하고 을씨년스럽기까지 했다.

2

그들은 다시 세 사람만의 동행이 되었다.

멀찍이 앞장서서 걷고 있는 이심전의 뒷모습이 왠지 쓸쓸해 보였다.

"우리 세 사람의 관계에 대해서 이제는 한번 정리를 하고 넘어가야 하지 않을까?”

우은소가 문득 건네는 말에 설리가 가만히 고개를 끄덕였다.

“난 우리 세 사람에게 가장 편한 건… 친구 관계라고 생각해.”

설리가 잠시 생각하다가는 가만히 한숨을 불어 내쉬었다. 그리곤 저만치 앞쪽의 이심전을 힐끗 눈짓하며 받았다.

“그렇긴 하지만…….”

설리가 말끝을 흐리는 데 대해 우은소가 빙그레 웃으며 물었다.

“왜? 이심전은 괜찮은데 나하고 친구로 지내기는 아무래도 껄끄럽다는 거야?”

설리가 또한 가볍게 실소하며 반문했다.

“그게… 그냥 언니라고 부르면 안 될까요? 그 편이 훨씬 더 편할 것 같은데…….”

“언니?”

몹시도 낯선 말을 들었다는 듯이 우은소는 어색하게 중얼거려 보았다. 그러나 그녀는 곧 환하게 웃었다.

“그래, 그것도 나쁘지 않겠다. 그럼 너는 이제부터 나를 언니라고 불러라.”

“예, 언니!”

설리가 냉큼 대답하였고, 그에 대해 우은소는 결국 나직이 소리 내어 웃고야 말았다.

"호호호!"

이어 두 사람이 서로 손을 맞잡고서 한참이나 깔깔거리며 웃다가, 설리가 문득 생각났다는 듯이 정색을 하며 물었다.

"한데 언니, 언니는 이미 그와……."

설리가 말을 맺지 않았지만, 우은소가 그 뒷말을 능히 짐작하고는 담담히 웃으며 받았다.

"나 같은 처지가 그런 것에 조금이라도 연연할 것이 있겠느냐? 나는 다만 지금처럼 그에게 익숙하고 편한 존재로 있는 것으로 만족할 뿐이다."

설리가 조심스럽게 다시 물었다.

"한데 그는 연설란을 깊이 연모하는 것 같더군요."

"내가 알기로 그에게는 가슴에 새긴 여인이 둘 있는데… 하나는 죽은 초혜이고 또 하나는 연설란이다. 그러나 초혜는 다만 그의 어린 시절의 추억일 뿐이고, 그가 진정으로 사모하는 여인은 연설란이다. 설령 그가 연설란과 결국 맺어지지 못한다고 해도… 그는 영원히 그녀를 잊지 못할 것이다."

설리가 잠시 생각하고는 사뭇 진지한 기색으로 물었다.

"그럼… 우리는 그를 위해 어떻게 하는 것이 좋을까요?"

"당연히 그가 행복해질 수 있도록 도와야겠지. 우리는 그의 친구이니까."

우은소는 말끝에 문득 잔잔한 미소를 떠올렸다.

우은소의 잔잔한 미소 끝에서 설리는 문득 우울함을 보았다. 그럼으로써 그녀 또한 문득 우울해지고 말았다.

3

　하늘은 맑고 신선한 바람은 마치 춤을 추듯이 그들의 바로 눈앞에까지 와서 일렁거렸다.

　앞장서서 걷던 이심전이 갑자기 멈추며 뒤를 돌아보는 바람에 우은소는 깊이 빠져 있던 단상에서 문득 깨어났다.

　이심전은 담담하게 그녀를 바라보기만 할 뿐 아무 말도 하지 않았다.

　그러나 우은소는 곧바로 알 수 있었다, 그가 멈춘 뜻을.

　그런 것은 설리 역시도 마찬가지였다.

　앞쪽 멀리 노인 하나가 서 있었다.

　우은소와 설리는 잠깐 시선을 마주하고는 곧장 걸음을 떼기 시작했다.

　그녀들은 이심전을 돌아보지 않았다. 비록 그와 노인이 벌일 싸움이 그녀들로서는 감히 짐작하지 못할 엄청난 싸움이 될 것이지만, 그리하여 그 누구도 관여할 수 없는 그야말로 초월자들의 최후의 격돌이 될 것이지만, 그러나 이상하게도 이심전에 대해서 그다지 큰 불안감이 생기지는 않았다.

4

"무공에 대한 너의 성취 속도는 참으로 놀랍구나. 노부가 네 나이였을 때를 이미 훨씬 능가하였으니 고금을 통틀어 유례가 없는 일일 것이다. 너를 다시 보았을 때, 노부는 몹시도 기꺼웠다. 시간을 두고서 찬찬히 너를 관찰해 보려는 기대감에서였다. 그러나 돌이켜 볼 때 우리는 첫 만남에서부터 지독한 악연으로 시작하였으니, 애초부터 그런 기대를 가져서는 안 되었는데 말이다."

태상천주, 아니, 노사의 목소리는 마치 깊고 조용한 계곡의 물소리처럼 맑고 명료하였다.

이심전이 묵묵히 듣고 있다가 문득 물었다.

"노사께 한 가지 묻고 싶은 게 있습니다."

노사가 담담히 고개를 끄덕였다.

"지독한 악연이라 말씀하셨습니다만⋯ 근래에 들어 저는 예전 그때, 노사께서 황촌을 떠나신 지 얼마 되지 않아서 능요운 등이 황촌으로 오게 된 데에는 혹시 노사의 어떤 안배가 개입되지 않았을까 하는 짐작을 해보게 되었는데⋯⋯."

이심전은 차마 질문을 맺지 못하였다.

노사가 담담히 물었다.

"너의 그 짐작에 대해 너는 이미 결론을 내리고 있지 않느냐?"

"저는⋯⋯."

이심전의 목소리가 조금 떨려 나왔다.

"노사께 직접 듣지 않고는… 저는 감히 결론을 내리지 못하겠습니다."

노사가 잠시 틈을 두었다가는 천천히 고개를 끄덕였다.

"너의 그 짐작은 사실이다."

순간 이심전은 크게 격동하고 말았다. 그의 격동이 얼마나 컸는지 멀리 떨어져 있던 우은소와 설리에게까지 느껴졌으니, 이심전의 숨소리 하나까지 놓치지 않으려 모든 이목을 전심전력으로 집중시키고 있던 그녀들은 그만 크게 놀라고 말았다.

대저 고수들의 승부에서는 그야말로 바늘 끝만 한 빈틈에서도 생사가 갈리는 것이니, 하물며 감히 상상하기 어려운 경지에 올라 있는 두 사람의 승부임에야!

그러나 역시 그렇기에 그녀들로서는 이 순간 감히 할 수 있는 일이 아무것도 없었다.

이심전은 힘겹게 격동을 추슬렀다.

"그로 인해 제 아버지가 목숨을 잃었습니다. 한데 저는 도저히 이해할 수가 없습니다. 왜, 노사 같은 분께서 도대체 왜……?"

노사의 얼굴에도 어쩔 수 없이 약간의 격동이 어렸다.

"그때 노부에게는 끝내 벗어나지 못한 한 가닥의 호기심과 욕심, 그리고 그것으로 인한 의심이 있었다. 아니, 이제 와서 고백하거니와, 그런 것들에 더하여 어쩌면 노부조차도 제대

로 깨닫지 못한 한 가닥 본능과도 같은 경계와 불안이 있었는
지도 모르겠다."

노사는 이내 담담함을 되찾았다.

"그때 노부는 불세지령의 신비를 풀기 위해 할 수 있는 시
도를 다 해본 후였고, 최종적으로는 그것이 다만 헛되이 전해
진 전설에 불과할 뿐이라는 결론을 내린 참이었다. 그래서 차
라리 그것을 영원히 없애려는 생각으로 화산을 향해 가던 중
이었고, 마침 너를 만나게 되었던 것이다. 처음에는 그저 네
가 노부에게 베풀어 준 친절에 대한 보답으로, 그리고 그때
네가 혈룡사가 담긴 옥병에 대해 보인 순수한 호기심에 대해
기왕에 없어질 물건으로 네게 약간의 좋은 추억이나 선사해
주자는 정도의 단순한 생각이었다."

"음……!"

이심전이 뱉어낸 침음성에서는 차라리 안타까움이 비쳤다.

"그런데 노부가 미처 예상하지 못한 일들이 생겼다. 바로
어떤 상황에서도 두 시진이 지나기 전에 반드시 옥병으로 돌
아왔던 혈룡사가 그때는 돌아오지 않았고, 더욱이 너는 노부
에게 네 속에 한 마리 작은 새끼 혈룡이 생겼다는 말을 했으
니, 노부는 문득 작은 의심과 경계를 품고 말았다. 그리하여
노부는 네게 그 옥병을 주면서 약간의 가루를 취하여 마을 입
구의 표지석 근처에 뿌려놓았으니 능요운으로 하여금 옥병의
종적을 찾을 수 있도록 안배한 것이다."

노사가 문득 탄식하며 말을 이었다.

"아아! 그러나 하늘이 다루는 운명의 조화는 사람의 능력으로 도저히 어찌할 수가 없는 법인가 보다. 너는 결국 그 전설의 신비를 취하여 지금 내 앞에 섰구나."

"노사께서는 진정 제가 불세지령의 전설을 취했다고 여기십니까?"

이심전의 그 물음에 대해 노사는 언뜻 이채를 떠올렸다. 그러나 그는 이내 가볍게 실소하며 대답했다.

"물론이다. 그렇지 않다면 지금 이 순간 네가 노부와 마주하고 있을 일은 생기지도 않았을 것이다."

"하면 그것으로 인해 제가 노사를 능가하게 되었다 여기십니까?"

순간 노사는 멈칫하는 기색이다가는 곧 담담하게 웃으며 말했다.

"허허허! 노부는 이미 힘을 초월한 경지에 이르렀거늘, 네가 불세지령의 전설을 얻어 무적의 힘을 얻었다고 한들 결국은 하나의 힘에 불과할 뿐이지 않겠느냐?"

"노사의 그 힘을 초월한 경지란 어떤 것입니까?"

노사는 언뜻 광오해 보이리만치 강한 자부를 비쳤다.

"절대의 경지이며 무위의 경지이다! 선도 악도 아닌, 그저 순리를 따라 흐르는 무위자연의 경지이니 곧 인간을 초월한 신의 경지이다!"

이심전이 문득 무거운 기색으로 되며 말했다.

"제가 하고자 했던 복수는 이미 끝났습니다."

그런데 이심전의 그 말은 두 사람이 지금껏 나누었던 대화에 비하자면 사뭇 갑작스러운 것이었다.

노사가 잠시 깊숙한 눈빛으로 이심전을 바라보고 있더니 가만히 고개를 저었다.

"너의 복수가 끝이 났더라도 노부는 아니다. 너의 복수로 인해 노부가 가장 아끼는 혈육이 죽임을 당했으니 노부가 어찌 네게 그 복수를 하지 않을 수 있겠느냐?"

노사가 이어 담담하게 덧붙였다.

"복수란 원래 그런 것이니라. 한번 시작되면 끝없이 윤회할 수밖에 없는 그런 것."

5

노사는 검을 뽑지 않았다.

아니, 처음부터 그에게는 검이 없었다.

그러나 한순간 노사는 그 스스로 한 자루의 검으로 화했다.

그것은 눈부시게 빛나는, 그 빛에 닿는 그 무엇이라도 태워 버리고 소멸시키고 말 듯한 극강의 기세를 품은 한 자루의 거대한 검이었다.

노사의 검은, 아니, 노사는 허공 높이 떠오르며 일순간에 일대의 공간을 점유했다.

6

이심전은 천천히 목검을 들어 올렸다.

그리고 그대로 움직이지 않았다.

그냥 가만히 겨누고 있을 뿐이었다.

그러나 그 한 자루 목검에는 결코 흔들리지 않는 그의 신념
과 다시 그것을 초월하는 광활한 자유가 담겨 있었다.

그럼으로써 그 한 자루 마음의 검은 이미 그곳에 가 있었다.

마치 원래부터 그 자리에 있었던 것처럼.

노사는 막을 수 없었다.

부딪칠 수도 없었다.

이심전의 그 검은 막을 수도 부딪칠 수도 없는 검이었다.

7

"너는 심검을 이루었느냐?"

노사가 무겁게 물은 데 대해 이심전은 잠시 머뭇거리고 나
서야 고개를 끄덕였다.

"아마도… 그런 것 같습니다."

잠시의 침묵이 흐른 후 노사는 문득 무거움을 떨쳤다. 그리

고 그의 눈빛이 반짝였다. 마치 궁금한 것을 못 참아 하는 어린아이처럼 투명한 빛으로.

"아무래도 궁금하구나."

"말씀하십시오."

"너의 그 심검은 도대체 어떻게 된 것이냐? 설마 불세지령의 신비가 심검에까지 이어졌더란 말이냐?"

이심전의 눈빛이 문득 아련해졌다.

"노사께서는 혹시 기억이 나십니까?"

이심전이 묻자 노사는 즉시 반문했다.

"무엇을 말이냐?"

"그때 제가 제 마음속에 한 자루 아주 작은 검이 생겨난 것 같다고 했던 일 말입니다."

노사의 눈에 다시 반짝하고 이채가 서렸다.

"그럼 그때 너의 그 말이 사실이었고, 그렇다면… 너의 그 심검이 네 속에서 저절로 자라나 이윽고는 지금과 같이 되었다는 말이냐?"

노사의 그 물음은 믿지 못하겠다는 부정의 뜻이었다.

그러나 이심전은 선뜻 고개를 끄덕였다.

"그렇습니다."

순간 노사는 흠칫 어깨를 떨었다. 그러고는 문득 차가운 기색으로 돌변하였다.

"너는 어찌 그것을 심검이라고 확신하느냐?"

이심전이 엷게 미소를 떠올리며 대답했다.

"그때 노사께서 심검에 대해 말씀해 주지 않으셨습니까? 노사께서는 제게 신선과도 같은 존재이셨으니, 저는 진정 털 끝만큼의 의심도 없이 제게 생겨난 그것이 심검의 씨앗이리라고 믿었고, 이후로도 결코 의심하지 않았습니다. 오히려 제가 죽음보다 더한 고통과 극단의 순간들을 겪을 때마다 그 심검의 씨앗이야말로 제게 유일한 의지이자 절실한 위안이자 마지막 희망이 되어주었습니다. 저는 그것이 언젠가는 진정한 심검으로 자라날 것임을 절대적으로 믿었습니다. 그리고 지금 이 순간에도 저는 완전히 믿습니다. 지금 제 가슴에 자리 잡고 있는 이 한 자루의 검이 진정한 심검임을!"

한동안 정적이 흘렀다. 그리고 노사가 다시 무겁게 물었다.

"네가 그것을 심검이라 하고, 또한 그것이 아무리 막강한 위력을 지녔다고 하더라도… 그것은 역시 다만 불세지령의 공능에 의지한 힘의 검에 불과할 것이니… 결코 초월의 심검은 아닐 것이다."

이심전이 담담하게 받았다.

"혈룡을 말씀하시는 것이라면… 전 이미 그놈을 제 안에서 내쫓아 버렸습니다."

그 말에 노사는 차라리 허탈한 기색으로 되었다.

이심전이 문득 진지한 기색으로 되며 말을 이었다.

"그놈이 아직껏 본연의 거칠고 포악한 기운을 완전히 버리지 못한 까닭입니다. 물론 그렇더라도 놈은 여전히 제 곁을 맴돌고 있는 중이지요."

노사가 가만히 고개를 저어 보였다.

"나로서는 이해하지 못할 애기로구나."

그리고 노사는 길게 숨을 들이켰는데, 그의 그 호흡은 문득 거칠어져 있었고, 한편 힘에 겨운 듯도 했다. 그가 가만히 탄식하며 말했다.

"아아! 이제 돌이켜 보니 노부가 살아온 세월이 참으로 무상하기만 하구나!"

그러나 노사는 끝내 스스로의 집착을 다 털어버리지는 못한 듯했다.

"다시 한 번 애기해 주면 안 되겠느냐? 너의 그 심검을 어떻게 이루었는지."

이심전이 언뜻 안타까운 얼굴로 되었으나, 이내 담담하게 돌아가며 말했다.

"저는 다만 그때 노사께서 가르쳐 주신 대로만 했을 뿐입니다!"

"아아! 노부가 가르쳐 준 대로란 말이냐? 한데… 그때 노부가 네게 무엇을 가르쳐 주었더냐? 도무지 생각이 나지 않으니 너는 자세히 말해주지 않겠느냐?"

노사는 조바심을 보이고 있었다.

이심전이 가만히 고개를 끄덕이며 이었다.

"예! 그때 노사께서 제게 가르치시기를, '네 마음속에 한 자루의 검을 다듬어라. 언젠가 그 검을 정말로 완성시킬 수 있으면 그 검으로 천하의 무엇이라도 벨 수 있을 것이다. 산도 강도 바다도, 나아가 천지도 벨 수 있을 것이다. 그것이 곧 궁극의 검, 심검(心劍)이니라. 그것이 곧 궁극의 도, 심검지도(心劍之道)이니라' 라고 하셨습니다."

"아아! 노부가 그리 말하였더냐?"

"예, 노사!"

노사는 문득 담담한 기색으로 돌아왔다.

"참으로 부끄럽구나. 그러나… 다행이다. 노부가 가볍게 흘린 몇 마디가, 노부가 생각없이 보여준 한 수가 너의 심검을 이루는 데 기여하였다니, 더하여 너의 심검에 노부의 헛된 생을 마감할 수 있어서… 참으로 다행이다."

노사의 얼굴에서 돌연히 생기가 사라지고 있었다. 눈빛마저 빠르게 빛을 잃어가는 중에 노사가 다시 힘겹게 입을 뗐다.

"그러나… 노부 이후에 세상의 새로운 지배자가 될 사람은 아마도 네가 아닐 것이다. 너는 이미 초월자이기 때문이다. 진정한 초월자는 세상의 질서에 안주해 살지언정 그 질서를 지배하지는 못할 운명이니라."

핏!

돌연 노사의 몸에서 가느다란 핏줄기 한 가닥이 터져 나왔다.

사실 노사의 내부는 이미 파괴된 상태였다. 다만 노사가 지고(至高)의 내력으로 억지로 막고 있었을 뿐.

뒤이어 노사의 전신 곳곳에서 마치 폭발하듯이 맹렬하게 핏줄기들이 터져 나오기 시작했다.

피핏!

피피핏!

노사는 우뚝 선 채로 먼 하늘을 바라보고 있었다. 그러나 그의 눈빛에서는 이미 단 한 점의 생기도 찾아볼 수 없었다.

8

그는 멀리 이심전 일행의 모습이 완전히 사라질 때까지 지켜보고 난 뒤에야 천천히 뒤돌아섰다.

그가 밟고 있던 땅바닥은 축축이 젖어 있었다. 바로 한 시대를 절대자로 살다 간 그의 조부가 한 줌 핏물로 사라져 가며 남긴 흔적이었다.

그는 홀연히 사라졌다. 그리고 그 자리에는 나직한 독백만이 남았다.

"약속대로 저는 결코 세상의 양지(陽地)로 나오지 않겠습니다. 그러나 할아버님의 평가대로 살지도 않을 것입니다."

그는 능사운이었다.

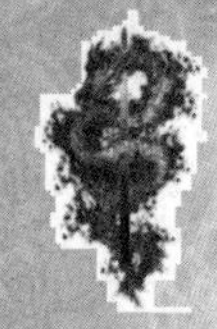

第九章
혈룡유희(血龍遊戲)

1

무림맹 치하의 강호는 얼마 지속되지 못했다.

무림맹의 분열 때문이었다. 구파일방의 대권 독점에 관해 문제 제기를 하며 사대세가(四大勢家)를 주축으로 비주류에 속한 문파들이 대거 이탈한 것이다.

그리고 구파일방과 그 직방계(直傍系) 문파들만 남은 뒤에도 다시 무림맹의 운영 노선을 두고 이견이 커지면서 이탈하는 문파들이 하나둘 생기기 시작하더니, 이윽고 무림맹은 유명무실해지고 말았다.

더욱이 그럴 즈음에 흑도와 마도, 그리고 녹림 등 무림맹에 배척받던 사파(邪派)의 세력이 일시에 연합을 이루며 천음교(天陰教)라는 세력을 출범시켰다.

천음교의 교주되는 자는 스스로를 천마조종(天魔祖宗)이라고 칭했다. 그러나 그의 출신이 어디인지, 내력이 어떻게 되는지에 대해서는 아무도 알지 못하였다.

다만 무림맹의 분열로 강호가 무주공산이나 마찬가지인데도 천음교는 당장에 강호의 패권에 대한 욕심을 드러내지는 않았다. 그들은 이상하리만치 철저하게 음지에서만 존재하며 세상의 밝음 속으로는 결코 나오지 않은 것이다.

그리하여 역설적이게도 강호는 실로 오랜만의 자유와 쾌활을 맘껏 누리고 있는 중이었다. 적어도 양지의 세계에서는.

물론 강호의 식자들은 예견하고 있었다. 이러한 자유와 쾌활이 그리 오래가지 못하리라는 것을.

강호는 결국 강자존의 세계이니 정과 사, 혹은 양지와 음지의 공존이 오래가기는 힘든 법이다. 무질서는 질서를 희구하고, 질서는 다시 무질서를 희구하고, 그렇게 무한히 반복되는 혼돈이야말로 어쩌면 강호의 진정한 자유인지도 모를 일이다.

2

저녁 무렵.
서편 하늘에 문득 투명한 붉은 빛 무리가 생겨났다.

노을인가 하였더니 아니었다.

그 빛 무리는 이내 거대해져서는 마치 온 하늘을 다 뒤덮을 듯이 너울너울 유영하기 시작했다.

참으로 신비롭고 장엄한 광경이었다.

그러더니 한순간 빛 무리는 사라지고 말았다.

"아아! 혈룡이 사라졌어요! 어떻게 된 거죠?"

아름다운 목소리 하나가 탄식하며 물었다.

"나도 모르오."

다른 목소리 하나가 조금은 시큰둥한 느낌으로 대답했다.

"훗! 당신이 모르면 누가 알죠?"

"흠! 어쩌면 혈룡은 원래부터 존재하지 않는 것인데… 우리가 잠깐 꿈을 꾸고 있었던 것인지도 모르지 않소?"

"호호호! 그럼 우리가 동시에 같은 꿈을 꾸었단 말인가요?"

"아니… 내 말은 그럴지도 모른다는 것이오."

그때였다.

웅!

우웅!

미세한 날갯짓 소리 같은 기이한 소리가 무수히 울리더니 하늘에는 갑자기 색색의 빛이 명멸하고 있었다.

엷고 짙은 자줏빛, 검붉은 빛과 타는 듯한 진홍빛, 그리고 눈부신 황금빛 등등의 빛이었는데, 어른 엄지손가락만 한 크기의 그 빛들은 한낮의 도깨비불이라도 되는 듯이 여기서 번뜩하고 나타났다가는 금세 사라지고, 다시 저기서 번뜩하고 나타나는 움직임이 어찌나 빠른지 마치 수천, 수만의 빛이 허공 가득히 반짝이고 있는 듯이 그야말로 환상적인 광경을 연출해 내고 있었다.

그러던 중에 잘 보이지도 않아서 그저 여린 햇살인가 싶은 투명의 황금빛 두 개가 문득 지상으로 하강하여서는 각각 그들 두 남녀의 어깨 위로 내려앉았다.

"봉아(蜂兒)!"

여인이 정겹게 반겼다.

허공에서는 계속해서 빛의 향연이 펼쳐지고 있었다.

넋을 놓듯이 한참이나 장관에 빠져 있던 여인이 문득 아름다운 목소리로 물었다.

"혹시… 봉아도 꿈인 것은 아닐까요? 봉아 또한 우리가 잠깐 동안 같은 꿈을 꾸고 있는 것은 아닐까요?"

사내가 잠시 침묵하다가는 문득 담담한 목소리로 대답했다.

"그럴지도 모르겠구려. 그러나 꿈이라고 하더라도 무슨 상관이겠소? 우리가 이 꿈에서 깨지 않으면 될 것을. 영원히 말이오!"

"호호호! 당신의 그 대답은 조금 궁색하게 들리는군요?"

"흠! 그렇소? 하하하!"

"호호호!"
아름답고 낭랑한 웃음소리가 멀리까지 펴져 나갔다.
이곳은 선유릉이었다.

『심검지』 완결

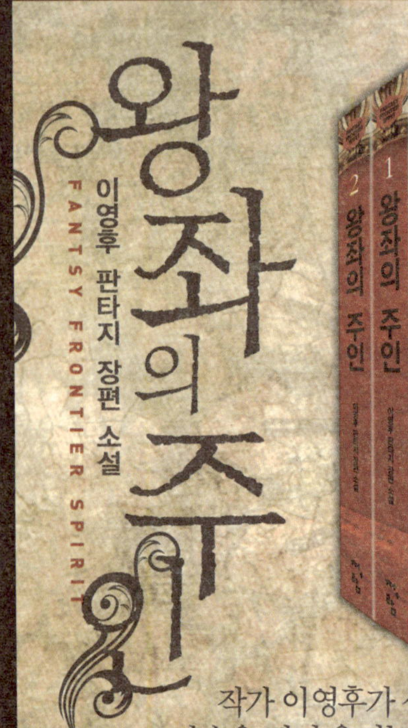

작가 이영후가 선보이는 야심작!
가슴을 떨어 울리는 판타지가 찾아온다!

『왕좌의 주인』

세계를 몰락 위기로 몰았던 이계의 절대자들
그들의 유적이 힘을 원한 자들을 불러들이고…
그 힘을 취한 어둠은 암암리에 세계를 감쌀 뿐이었다.

"세계를 구원할 것은 너뿐이구나."

어둠을 걱정한 네 영웅은 하나의 희망을 키워낸다.
이계 최강의 절대자 티엔마르.
그리고 이 모두의 힘을 이어받은 새로운 존재…
은빛의 절대자 레오!

『가면의 레온』『무적문주』『신필천하』의 작가
눈매 新무협 판타지 소설

『가면의 마존』

중원을 공포에 떨게 만든 희대의 악마, 혈마존.
혈마존의 혼을 잃어버린 염라계는 결국 레온의 영혼을
혈마존의 몸에 집어넣는데!

'내, 내가‥ 그렇게 흉악한 사람이었다니! 믿을 수가 없어!'

기억을 잃은 채 혈마존의 몸에 부활한 레온.
본성이 착한 레온은 천하의 악인이 되어
혈마교를 이끌어야 하는데‥‥‥

"아무래도 여긴 나랑 안 맞아!"

Book Publishing CHUNGEORAM

유행이 아닌 자유추구
WWW.chungeoram.com